回音是詩

菲律賓‧華文風 叢書 21 （新詩）

和權 著

楊宗翰 主編

▲ 瑞今法師贈和權之對聯

靜坐丟丟挂風幡無幡

重陽昨日又今日愛尋此照

和雄兄案墨撿一古對丁丑年書重陽詩於寅夏羊令野

詩人羊令野之書法▶

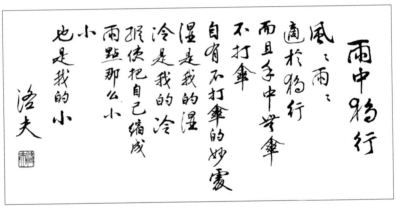

▲ 詩人洛夫贈和權的書法

【主編序】

在台灣閱讀菲華，讓菲華看見台灣
——出版《菲律賓‧華文風》書系的歷史意義

楊宗翰

　　很難想像都到了二十一世紀，台灣還是有許多人對東南亞幾近無知，更缺乏接近與理解的能力。對台灣來說，「東南亞」三個字究竟意味著什麼？大抵不脫蕉風椰雨、廉價勞力、開朗熱情等等；但在這些刻板印象與（略帶貶意的）異國情調之外，台灣人還看得到什麼？說來慚愧，東南亞在台灣，還真的彷彿是一座座「看不見的城市」：多數台灣人都看得見遙遠的美國與歐洲；對東南亞鄰國的認識或知識卻極其貧乏。他們同樣對天母的白皮膚藍眼睛洋人充滿欽羨，卻說什麼都不願意跟星期天聖多福教堂的東南亞朋友打招呼。

　　台灣對東南亞的陌生與無視，不僅止於日常生活，連文化交流部分亦然。二〇〇九年臺北國際書展大張旗鼓設了「泰國館」，以泰國做為本屆書展的主體。這下總算是「看見泰國」了吧？可惜，展場的實際情況卻諷刺地凸顯出臺灣對泰國的所知有限與缺乏好奇。迄今為止，台灣完全沒有培養過專業的泰文翻譯人才。而國際書展中唯一出版的泰文小說，用的還是中國大陸的翻譯。試問：沒有本土的翻譯人才，要如何文化交流？又能夠交

流什麼？沒有真正的交流，台灣人又如何理解或親近東南亞文化？無須諱言，台灣對東南亞的認識這十幾年來都沒有太大進步。台灣對東南亞的理解，層次依然停留在外勞仲介與觀光旅遊──這就是多數台灣人所認識的「東南亞」。

　　東南亞其實就在你我身邊，但沒人願意正視其存在。台灣人到國外旅遊，遇見裝滿中文招牌的唐人街便倍感親切；但每逢假日，有誰願意去臺北市中山北路靠圓山的「小菲律賓」或同路段靠臺北車站一帶？一旦得面對身邊的東南亞，台灣人通常會選擇「拒絕看見」。拒絕看見他人的存在，也許暫時保衛了自己的純粹性，不過也同時拒絕了體驗異文化的契機。說到底，「拒絕看見」不過是過時的國族主義幽靈（就像曾經喊得震天價響，實則醜陋異常的「大福佬（沙文！）主義」），只會阻礙新世紀台灣人攬鏡面對真實的自己。過往人們常囿於身分上的本質主義，忽略了各民族文化在歷史上多所交融之事實。如果我們一味強調獨特、純粹、傳統與認同，必然會越來越種族主義化，那又如何反對別人採用種族主義的方式來對付我們？與其矇眼「拒絕看見」，不如敞開心胸思考：跟台灣同樣擁有移民和後殖民經驗的東南亞諸國，難道不能讓我們學習到什麼嗎？台灣人刻板印象中的東南亞，究竟跟真實的東南亞距離多遠？而真實的東南亞，又跟同屬南島語系的台灣距離多近？

　　台灣出版界在二〇〇八年印行顧玉玲《我們》與藍佩嘉《跨國灰姑娘》，為本地讀者重新認識東南亞，跨出了遲來卻十分重要的一步。這兩本以在台外籍勞工生命情境為主題的著作，一本是感性的報導文學，一本是理性的社會學分析，正好互相補足、對比參照。但東南亞當然不是只有輸出勞工，還有在地作家；東

南亞各國除了有泰人菲人馬來人，也包含了老僑新僑甚至早已混血數代的華人。《菲律賓・華文風》這個書系，就是他們為自己過往的哀樂與榮辱，所留下的寶貴記錄。

　　東南亞何其之大，為何只挑菲律賓？理由很簡單，菲律賓是離台灣最近的國家，這二、三十年來台灣讀者卻對菲華文學最感陌生（諷刺的是：菲律賓華文作家在一九八〇年代以前，一度以台灣作為主要發表園地）。[1] 東南亞各國中，以馬來西亞的華文文學最受矚目。光是旅居台灣的作家，就有陳鵬翔、張貴興、李永平、陳大為、鍾怡雯、黃錦樹、張錦忠、林建國等健筆；馬來西亞本地作家更是代有才人、各領風騷，隊伍整齊，好不熱鬧。

　　以今日馬華文學在台出版品的質與量，實在已不宜再說是「邊緣」（筆者便曾撰文提議，《台灣文學史》撰述者應將旅台馬華作家作品載入史冊）；但東南亞其他各國卻沒有這麼幸運，在台灣幾乎等同沒有聲音。沒有聲音，是因為找不到出版渠道，讀者自然無緣欣賞。近年來台灣的文學出版雖已見衰頹但依舊可觀，恐怕很難想像「原來出版發行這麼困難」、「原來華文書店

---

[1]　台灣跟菲律賓之間最早的文藝因緣，當屬一九六〇年代學校暑假期間舉辦的「菲華青年文藝講習班」（後改為「菲華文教研習會」）。此後菲國文聯每年從台灣聘請作家來岷講學，包括余光中、覃子豪、紀弦、蓉子等人。一九七二年九月廿一日總統馬可士（Ferdinand Marcos）宣佈全國實施軍事戒嚴法（軍統）之後，所有的華文報社被迫關閉，所有文藝團體也停止活動。後來僥倖獲准運作的媒體亦不敢設立文藝副刊，菲華作家們被迫只能投稿台港等地的文學園地。軍統時期菲華雖無出版機構，但施穎洲編的《菲華小說選》與《菲華散文選》（台北：中華文藝，一九七七）、鄭鴻善編選的《菲華詩選全集》（台北：正中，一九七八）卻順利在台印行面世。八〇年代後期，台灣女詩人張香華亦曾主編菲律賓華文詩選及作品選《玫瑰與坦克》（台北：林白，一九八六）、《茉莉花串》（台北：遠流，一九八八）。

這麼稀少」以及「原來作者真的比讀者還多」──以上所述，皆
為東南亞各國華文圈之實況。或許這群作家的創作未臻圓熟、技
藝尚待磨練，但請記得：一位用心的作家，應該能在跟讀者互動
中取得進步。有高水準的讀者，更能激勵出高水準的作家。讓我
們從《菲律賓‧華文風》這個書系開始，在台灣閱讀菲華文學的
過去與未來，也讓菲華作家看見台灣讀者的存在。

【推薦序】

灌注真情詩長存
──序和權詩集《回音是詩》

李怡樂

　　《隱約的鳥聲》出版之後，詩人和權依然詩潮洶湧，目之所及，即觸靈感，一事一物，皆可入詩。不足一年的時間，已創下兩百多首的好成績，遂結集為《回音是詩》。

　　本詩集共分四輯。第一輯「島嶼」，四十二首。第二輯「看海」，十二組組詩三十三首。第三輯「小蟲苦惱」，五十首。第四輯「秘密」九十五首。

　　和權的詩，短小、精鍊，表現技巧豐富。閱讀他的詩集，如進入姹紫嫣紅的花園，每個品種，都被照料得恰得其所。請看「瞄準」：

　　　　有我的導彈
　　　　便有我的和平
　　　　有你的導彈
　　　　便有你的和平

而互相瞄準
便有了一個
太平
盛世

在這現實世界裏，相當的武力，對等的強勢，俾使互相制
衡，才能保持「一個太平盛世」。所謂「弱國無外交」，這道理
似乎人人都明白。我也天天讀報，常因看到超級大國的「蠻不講
理」而氣憤，卻寫不出如此明快又有節奏感的作品，可見和權的
詩思敏捷，功力深厚。請看「寺廟裏」：

木魚說：
空！
空！
空
空！

說給誰聽呢？
來燒香，來拜佛的
都有一些心願——
願財運亨通
願長命百歲
願無災無禍
願多子多福

空！
空！
空
空！

　　第一段的四個「空」，即是「四大皆空」之含意。第二段是世人求佛的心願。第三段，暗示即使「多子多福」，「無災無禍」，「財運亨通」，「長命百歲」，那麼百歲之後，不也是一場空！正所謂生不帶來，死不帶去。詩中有詩人的情感，向世人釋放出善意——要「學佛」而不是「求佛」。

　　和權的詩善於技巧的運用。當然，技巧是為了突顯詩的主題思想。

　　例如「字」：

吸着煙
嘴裏
吐出的雲霧
怎麼看
都像
潦草的

癌

　　全詩沒有形容詞，沒有拖泥帶水的比喻。簡短有力，又很形象地表明吸煙對健康的危害性。

例如「纏」：

想
忘卻煩惱
想
飛上藍天
躺在雲裏
安安心心
睡千年
萬年

你是纏在樹上的
紙鳶

紙鳶即風箏。詩中「紙鳶」想遠走高飛，卻苦於長線的牽扯。即使斷了線，仍餘留一段尾巴，或纏在電線，或纏在樹梢上……不能如願。此詩寫的是紙鳶，其影射人在生活、工作、感情等諸方面的煩惱。讀者細想，是否也是紙鳶一隻。

例如「機上‧落日」：

今天才知道
黃昏時
那顆艷紅的落日
不是
隱入雲海中

休
息

而是匆匆
趕往人世間
點亮了
萬家
燈火

　　此詩是詩人在飛機上捕捉到靈感而創作。完成此詩，靠的
是作者非凡的想像與技巧的配合。詩人讚美太陽日以繼夜的工作
──夜間的萬家燈火，原來是太陽於白天下班後，趕往人間點亮
所有的燈火，不容黑暗籠罩大地。詩人要歌頌的，正是這種越來
越薄弱的「太陽精神」。

　　閱讀和權的詩，不能只是欣賞他的創作技巧。要領悟作者
灌注於詩中的真實情感，才是真正讀懂詩人的作品。本詩集裏，
和權的創作有表露愛情、親情、友情（如「平安回家」、「詩
之火」、「嫁」；「友情」等等）；有關心生態環保（如「悲
憤」、「上碧瑤」、「千年後」等等）；有針砭時弊（如「無題
八行」、「糖」、「鼠」、「瞄準」等等）……綜觀和權的詩創
作，對現實生活感受的作品，占相當的份量。這在菲華詩壇上，
至目前為止，其詩創作的數量和質量，可說是絕無僅有。

　　詩人和權之所以有如今這般成就，其秘密就在本詩集裏。請
看「長短刀」：

切割着
兩支冷冷的長短刀
切割掉童年
切割掉中年
切割掉老年

牆壁上
如此鋒利的
長短刀
就是切割不了
笑中
帶淚的
詩

「長短刀」，是指牆壁上時鐘的分針和時針，代表時間（時光或歲月）。詩人說，時間會讓他的童年、中年、老年流失，但「切割不了」他那些「笑中帶淚的詩」。在詩人眼裏，那些用心血創作的詩篇，已超越他的生命，將長存於人世間。

當然，滲透着真情的好詩，絕不會被時間的長流湮沒！

二〇一一年十二月卅一日

目　次

007　主編序

在台灣閱讀菲華，讓菲華看見台灣　　　　　　　　楊宗翰
——出版《菲律賓‧華文風》書系的歷史意義

011　推薦序

灌注真情詩長存　　　　　　　　　　　　　　　　李怡樂
——序和權詩集《回音是詩》

023　第一輯　島　嶼

025　海嘯	039　真與假
026　大地震之後	040　心悸
027　島嶼	041　子彈
028　墓園	042　貪污
029　沮喪的燭光	043　治國
030　千年後	044　茉莉花
031　血腥正義	045　鬥雞
032　落日	046　瞄準
033　發光	047　筆與稿紙
034　隔	048　佛跳牆
035　玩彈	049　櫻島大震
036　雨與斜日	050　寺廟裏
037　細沫	052　政壇
038　多話	053　千手觀音

054 踢球

055 美麗

056 唇

057 傷

058 化石

059 飢餓

060 領帶

061 吃

062 和平

063 星巴克

064 遊艇

065 大雨滂沱

066 零錢布施

——某航空與聯合國兒
童基金合辦「零錢布
施」機上籌款活動。
有感。

067 回音是詩

069　第二輯　看海（組詩）

071 殘障三題

074 眼睛（之一）

075 眼睛（之二）

076 問（之一）

077 問（之二）

078 「情」四題

082 「月亮」三唱

084 記錄

086 旅遊組詩

089 大雨

091 「生老病死」四題

094 剪刀

096 花・草・樹木

098 看海

101　第三輯　小蟲苦惱

103 香

104 小蟲苦惱

105 鳳蝶

106 遍地花朵

107 葉語

108 無題七行

109	纏		*133*	倒影
110	蜂與蝶		*134*	字
111	咖啡館		*135*	汽水
112	蘑菇雲		*136*	無題十八行
113	初晨		*138*	困
114	嘴		*139*	上碧瑤
115	電梯		*141*	小鎮風雨
116	石		*142*	馬容火山
117	悲憤		*144*	糖
118	無題八行		*145*	積雪融化了
119	詩創作		*146*	木舟
120	上香		*147*	心念
121	牆		*148*	上天
122	墳場		*149*	紫水晶
123	未題		*150*	友情——給一樂
124	兀鷹		*152*	五色沙

125 世界末日

——雲鶴、秋笛賢伉儷從
大沙漠所謂「獨一無
二」的地方帶回五色
沙，贈我一小撮。有
感而寫。

127 照鏡
128 杯子   *154* 宴
129 一肚子氣   *155* 寫詩
130 紅綠燈
131 垂釣
132 國旗的話

157　第四輯　秘　密

159　除夕

160　牽掛

161　平安回家

162　嫁

163　詩八行

164　結婚紀念日

165　笑

166　伴侶

167　燭照

169　人生詩集

170　瞄

171　讀李商隱

172　尖叫

173　月餅

174　差別

175　厚

176　怒

177　眼耳鼻舌

178　哈噲！

179　淨

180　這麼想

181　甩手功

182　根

183　拍手功

184　淒清的中秋

185　機上‧落日

186　大瀑布

187　鼠

188　上課

189　歲月

190　愛是一陣風

191　比

192　大水

193　硬幣

194　黑洞

195　體溫計

196　笑

197　雨天

198　逢舊友

199　畫——悼莊銘淵先生

201　詩之火——悼月曲了

202　唱

203　詩的重量——懷月曲了

204　絨布

205　別

206　血與肉

208 暗戀

209 時間——遊印尼*Bintan*有感

210 心

211 不要

212 貼上回憶的郵票

213 看夜景

214 吃甜

215 靠

216 淚之花

217 冷漠

218 熱

219 房事

220 與你對視

222 濕

223 一杯惦念

224 吵醒歲月

225 馬兒

 ——題攝影家周清劭先生
 的「日暮途窮」

227 星洲賽車

228 速度

229 金龍魚

230 秘密

231 踐踏

232 沉

233 長短刀

234 回家

235 辛酸

236 筷子與刀叉

237 老屋

238 遊山玩水

239 入口

240 玩

242 嘀咕

243 虹

244 問飛鳥

245 燃燒的夕陽

246 說三道四

247 雨叩窗

249 看花

250 陀螺

251 事件

252 吹

253 搖搖晃晃

254 擦鏡

255 以詩拍照

257 新僑

258 問

259　摔

261　茶壺

262　染髮

263　香水

264　游

265　超級公路

267　附　錄

269　豈只深入淺出那麼簡單／周粲

284　我就喜歡這種詩／周粲

295　讀和權詩文／林炳輝

297　詩集出版了／榮超

306　在探討中學習／李怡樂

310　施約翰先生英譯和權詩兩首

314　詩人讀詩人

321　作者寫作年表

329　作者簡介

第一輯　島嶼

海 嘯

自以為
象徵着
正義

它，奮力地沖洗世界的
污穢

二〇一一年 台灣《創世紀》

大地震之後

有時候

是一架電視機

不斷播映着

瓦礫堆下

淒厲的哀號

有時候

是一座冰櫃

凍住了滿腹

滿腹的

淚

附錄：菲生困基督城，簡訊求救親人急。一點五十分：「媽，我被埋住
了。」二點三十一分：「媽，我的右手不能動。」二點三十九分：
「媽，救我。」

二〇一一年　台灣《文訊》

島　嶼

他們臉紅耳赤
又爭又吵：
這島嶼
是我們的

島嶼
看在眼裏
暗笑：
等你們
都不見了
又將
屬於誰呀？

二〇一一年　台灣《創世紀》

墓　園

蹲下身
抓起一把沙土
我看到了真相

沮喪的燭光

為了挽救地球
服務生
宣佈熄燈一小時

昏黯的餐室裏
刀叉
憂心忡忡
我聽見
微弱的燭光
輕聲

嘆息

千年後

來到荒涼的地球

外星人

回報總部：

這裏

什麼都沒有

除了

塑膠袋

塑膠瓶子

塑膠…………

二〇一一年　菲律濱《世界日報》

血腥正義

大白天
轟炸機
輪番炸掉
一座座房舍
宣稱：
「為了
保護人民」

這種
血淋淋的
正義
太陽都看在眼裏

二〇一一年　菲律濱《耕園》

落　日

是心焦
戰火
又昇自眼底
是憤激
看到戰鬥機，一架架
飛走之後
土地
一片瘡痍

落日
這般面紅
耳赤

註：空襲已致逾五千六百平民死傷，利比亞欲起訴北約領導人。

二〇一一年　菲律濱《詩之葉》

發　光

閃爍閃爍
聖誕樹上
那一串燈飾
又壞了幾個
我覺得悲哀：

凡是
發光的
都容易燒壞麼？

隔

猶如鴻溝一般
膚色
也將人與人
隔成了
兩
岸

星星月亮
和太陽
見證了互相瞄準的
導彈

二〇一一年　台灣《葡萄園》

玩　彈

小孩　玩
玻璃彈

大人　玩
原子彈
氫彈
中子彈
還有遠程精準的
導彈

玩彈　玩彈
全世界
都玩彈

雨與斜日

不想虛渡此生
一陣雨
要在這世間
留下
足跡

那斜日
卻躲在天邊的
陰雲後
嘿嘿
笑

細　沫

電視上
參議員說：
我們追求着
美國夢…………

水族箱裏
金魚嘟起了嘴唇
頻頻地吐露
細沫

二〇一一年　台灣《乾坤》

多　話

人間有姹紫嫣紅
人間也有落花遍地
人間有帝王將相
人間也有走卒販夫
人間有雞燉鮑翅
人間也有樹根與泥土
人間有朱顏青絲
人間也有皺紋與白髮

客機窗外
幾朵雲
說了一大堆話

真與假

皮包是仿製品
服裝是冒牌貨
連手錶與電腦
也是
假的

商場裏
什麼都是假的嗎？
啊啊──
孩子的笑臉
大人的愁容
憂慮的眼神
竟然
那麼真

二〇一一年　菲律濱《世界日報》

心　悸

開刀前
醫生說：
或會醒過來
也可能
從此長眠……

COOKIE
哀憐的眼神
啊啊——
令人心悸的
豈只是小狗哀憐
無助的
眼神

二〇一一年　菲律濱《世界日報》

子 彈

高喊着：
「不自由
毋寧死」

人們
便在戰場上
將自由
還給了
子彈

貪 污

髒　又怎樣
馬桶一抽
也就
不見了

依然是
一池
清水

二〇一一年　菲律濱《世界日報》

治　國

名車
豪宅
和金條
治理了國家

選舉之後

股票
直昇機
和鑽石
治理了國家

茉莉花

芬芳
高雅

管它有沒有人
佩
戴

只要　芬芳過
　　　高雅過
就十分美好

二〇一一年　菲律濱《辛墾》

鬥　雞

兩隻激怒
帶着腳刀的
雞
鬥得血花
四濺

遂看到
伊拉克
十萬
泊泊流血的
屍體

瞄　準

有我的導彈
便有我的和平
有你的導彈
便有你的和平

而互相瞄準
便有了一個
太平
盛世

二〇一一年　菲律濱《詩之葉》

筆與稿紙

筆
同情稿紙
不能回歸森林的
辛酸與無奈

稿紙
卻可憐筆
澈夜寫不出長短句的
悲哀

佛跳牆

聞到香味
佛
跳過牆

聽到
殘疾孤老
裸體瘦童
顫抖的乞討聲
佛
會跳牆嗎？

後記：朋友約吃「佛跳牆」。在往餐廳的途中，看到孤老與瘦童叩車窗乞
　　　討，有感而寫。

櫻島大震

悄然落淚

櫻花

在細雨中

綻放了含悲的容顏

啊啊——

大震　震不斷根鬚

來年

滿街滿巷的

櫻花　將更

燦

爛

二〇一一年　台灣《葡萄園》

寺廟裏

木魚說：
空！
空！
空！
空！

說給誰聽呢？
來燒香，來拜佛的
都有一些心願──
願財運亨通
願長命百歲
願無災無禍
願多子多福

空！
空！

空！

空！

政 壇

碎了一地

原來
良心是
這般易碎的
琉璃

不曉得
要如何修補

千手觀音

舉在空中
每一隻手
都在說：
「救苦
救難。」

空氣污染了
山林光禿了
南北極
冰雪融化了
都有救嗎？

踢　球

你們的國家
有很多人
踢球嗎？

我們這裏
有人擅長盤球
有人擅長遠射
也有人精於
鈎踢

唯踢來踢去
冤案
還是
冤案

二〇一一年　菲律濱《詩之葉》

美　麗

買粉
買胭脂
買羊胎素
買唇紅
買睫毛
買眉筆
買假髮
買閃亮的
耳環

美麗
在鏡子裏
洛洛笑個不停

二〇一一年　菲律濱《辛墾》

唇

兩片唇
合起來時
沒有距離

四片唇
吻在一起時
遂有了地球與火星
那麼遙遠的
距
離

傷

轟炸機
完成了任務

世界
新添了傷口

傷口
至今仍在淌血
我是傷口
傷口是我

二○一一年　菲律濱《世界日報》

化　石

外星人
在蠻荒的地球上
尋獲
一支最後核戰前的
筆和一頁
詩

握詩的手顫抖着
外星人
一閃
向宇宙深處飛去

二〇一一年　菲律濱《世界日報》

飢　餓

閱報
自殺者
說：
失戀比死亡
痛苦

影片中
衣索比亞婦人
卻說：
飢餓比死亡痛苦
百倍

二〇一一年　菲律濱《世界日報》

領　帶

滿口
粗話

卻在脖子上
牢牢地
套著
文明

吃

吃肉
吃青菜
吃醋
吃豆腐
吃錢
吃官司

餵得腦滿
腸肥
讓時間
一口
吃了

和 平

站在海邊
清晰地
望見天地線

想追尋嗎？
想觸撫嗎？
想抓着那條天地線
像小孩子一樣
跳繩嗎？

啊
它存在
它不存在

星巴克

咖啡太香
大腿內側那蝴蝶
忍不住
探出頭來

迷你裙
一面遮掩
一面大叫：

看什麼看
看什麼看

遊　艇

就要進港了
我有點
興奮

海呀，不要急
慢慢來
翻白眼
也沒用

大雨滂沱

雕像說
密集的槍聲
又響了

詩人說
時間之手
正在回憶的琴鍵上
彈奏着
心疼的往事

富貴者說
叮噹叮噹
像銀角子落地的聲音

老丐說
哀嚎
又有什麼用

零錢布施

──某航空與聯合國兒童基金合辦「零錢布施」
機上籌款活動。有感。

在機艙裏
捐出一些零錢
呵呵──
每塊錢
都是蝴蝶
煽動着翅膀
讓全世界干旱的地方
都刮起風來
下了
一場又一場
小
雨

回音是詩

在山谷中
他們放聲大叫
回音
不絕

啊啊
扯開喉嚨大叫的
是
世界
回音是詩
詩是回音

第二輯　看海
（組詩）

殘障三題

聾

許多人和你一樣
聽不見
優美的歌詩

唯你
聽見了
她
撲撲的心跳

啞

既不哀叫
也不呻吟
僅以淚的亮光

告訴你：

絕不
彎腰

盲

緊緊閉著
全然不見的眼睛
明白了解
即使沒有人引領
即使只有一根
拐杖
踏在腳下的
仍是

正路

二〇一一年　《台灣文訊》

眼 睛（之一）

「可憐
人類仇殺
無休無止。」

噙住淚
星
那隻眼睛
似乎在說

二〇一一年 菲律濱《辛墾》

眼　睛（之二）

太陽這隻眼睛
依然
天天來關照
人間

即使每天
都紅着眼睛
回去

二〇一一年　菲律濱《詩之葉》

問（之一）

凡是甜蜜的
都有
辛酸的
回憶嗎？

芒果　問

二〇一一年　菲律濱《世界日報》

問（之二）

倘若
沒有滿腹的辛酸
你
會逐漸成熟
變得
甜蜜嗎？

鳳梨　問

二〇一一年　菲律濱《世界日報》

「情」四題

項鍊（一）

當年
露營時
在帳篷下
我用昆蟲
細細的鳴叫
串起了
悄悄話
幫妳掛在胸前
的
那一條項鍊
還在嗎？

還在嗎？
那一條項鍊

十一行（二）

我是
一棵虬勁的
茂盛的
樹
如果妳
不願意做貓頭鷹
那就成為
年輪吧
一圈圈
記着我的悲嘶
　　我的怒號

思念（三）

妳含笑
問道：
今天有詩嗎？

在暈燈下
想起妳移民以前
親切的問話

哪一天
才能當面
向妳提起今晚
無盡的思念？

沙灘上（四）

期望海中
有一葉扁舟
送來遠方的人

一陣浪潮
湧上來
一堆
垃圾

二〇一一年　台灣《乾坤》

「月亮」三唱

甜笑

中國月亮
是一張臉

這張臉曾經出現在夢裏
對着我
甜笑

藥丸

菲律濱月亮
是一顆藥丸
治貧
療飢
兼治貪

唯

至今沒人取來服用

月變

美國月亮

不像以前那麼

圓

有時候　是

扁的

暗的

血腥味的

二〇一一年　菲律濱《世界日報》

記　錄

之一

油田
支撐了
戰爭

核彈
支撐了
和平

之二

聽到慘叫
看見屍體

高雅的微笑

散發

血腥味

二〇一一年　菲律濱《辛墾》

旅遊組詩

外地來的

廣州車站
自動售票處
妻
向前面的年青人說：
我們是外地來的
不懂得使用這機器
請幫忙一下

年青人
購票後回頭一笑
「我也是外地來的」
一陣風
走了

唉　走了

虎爪

廣州車站外
一攤攤　叫賣着
虎爪

朋友說
虎爪
是假的

啊啊
殺擄之爪
詐騙之爪
貪財之爪
是
真的

繁華的都市

妻說：
那麼多車子
喇叭聲響個不停
仿如一部
交響曲

我也聽見了——
碰撞碎裂聲
嘶啞的慘叫
刺耳的哀嚎

二〇一一年　菲律濱《世界日報》

大　雨

之一

受驚的
風鈴
一陣亂晃

雨點
讚嘆道：
好美的音樂
好美的舞步

之二

在強風中
玻璃窗

不住訕笑

訕笑　一把傘

躲在門後

「生老病死」四題

生

嬰兒
嘹亮的哭聲
是一把火
照亮美
照亮歲月

我祝福

老

腳步
踉蹌

乃因
愈老
悲憫心愈

重

病

花凋
葉枯
枝垂

誰
蒙蔽了陽光
壅斷了雨水

死

可以期待的黎明

二〇一一年　菲律濱《辛墾》

剪　刀

（其一）

想
在生命之宣紙上
揮灑出
蒼勁的
字畫

剛提筆
歲月這把利剪
卻「刷刷刷」
將青春
剪成了
紙屑

（其二）

銳利的剪刀
剪過來

哈哈哈我大笑：
石頭
怕嗎？

花・草・樹木

花

花說：
天堂裏
滿是
我的同伴
那兒才是我的家

土地
笑了

草

點點頭
彎彎腰
只有這樣才能生存

草說

樹

苦笑着
說：
遊客
都是上山來拍
風景
沒人拍

撐直的腰幹

看 海

之一

定是
跟我一樣
憤怒人間的
不平

白浪滾滾的海洋
如此
激動

之二

滔天的白浪
放聲
大笑

聽喲
萬丈的狂瀾
轟轟隆隆
笑得比人

真

之三

人類的
苦難
比千萬噸船載
還重

好在
此心是
大海

二〇一一年　菲律濱《詩之葉》

第三輯　小蟲苦惱

香

默默地
吐露淡淡的
氤氳
蘭花
彷彿訴說着
雨漬
風霜

我聽見了
耳朵裏
滿是
幽
香

二〇一一年　菲律濱《詩之葉》

小蟲苦惱

十分驚異
候鳥
不知道林子
怎會縮小
不知道大山
怎會光禿
光禿得
如此
醜陋

只知道
蜂啊蝶啊小蟲啊
很是苦惱
苦惱着
搬到哪裏去？

鳳　蝶

感覺過
蛻變的艱辛
感覺過
掙扎的痛苦

遍山飛舞的彩蝶
哪一隻
羞愧於自己──
曾是醜陋的
蛹？

遍地花朵

花
怎會落了一地？

搖着葉子
風也問
雨也問

二〇一一年　菲律濱《詩之葉》

葉　語

葉子們
竊竊私語：
「颱風要來了
我們將枝離葉散。」

黃葉
探出頭來：
「這一生
蔭了一些人
已沒有什麼
遺憾啦。」

無題七行

自覺有望進入永恆
詩人
笑了

一抬頭
赫然是流星
曳尾
而逝

纏

想
忘卻煩惱
想
飛上藍天
躺在雲裏
安安心心
睡千年
萬年

你是纏在樹上的
紙鳶

二〇一一年　菲律濱《詩之葉》

蜂與蝶

怎麼跳舞？
蜜蜂
老遠飛來
問蝴蝶

蝴蝶笑了
它也想問：
怎麼
採蜜？

咖啡館

柔美的音樂中
一陣喊喊喳喳的
鳥聲
聞起來
竟是那麼的
那麼的
清香

蘑菇雲

他們說：
上帝造人
以榮耀
祂自己

那朵美麗的
蘑菇雲
是否證明了
人
榮耀了
上帝？

二〇一一年　菲律濱《世界日報》

初 晨

啾啾啾
窗外
一陣鳥聲
仔細聽
分明是說：

珍惜
珍惜

二〇一一年 菲律濱《詩之葉》

嘴

只有一張嘴
窗
卻整夜
說個不停
不是對着月亮
自吹
就是對星星
自誇

太陽
一上山
即刻以明亮的笑聲
叫它
閉嘴

電　梯

每天都在說法：
升　降
升　降

二〇一一年　菲律濱《詩之葉》

石

大風
大浪
也不過數十年

之後
風平
浪也靜
心中
磊磊的奇石
赫然

悲　憤

打着呵欠
千丈的綠樹
悠然
入夢

醒來
心頭一顫
驚見自己
竟是
一雙雙
筷子

無題八行

塗着螢光
一粒擺於桌上
在黑暗中發亮的
夜明珠

帶着攝影隊
一位滿臉笑容
在災區施賑的
慈善家

詩創作

喜
怒
哀
樂
是根鬚
深深深深植根於
全人類

上　香

插在香爐裏
顫顫的
兩支香於空中
寫着

「來生
再結緣」

二〇一一年　菲律濱《詩之葉》

牆

不知曉
自己圍住的
是孤寂
還是清靜

也不知曉
將四周的風景
圍在外面
幹嘛

心靈的牆
忽然
好想
　　倒
　　　塌

墳　場

偌大的墳場
是懸掛於
宇宙中心的
鏡子
　映照出
星辰日月
的
真貌

未　題

千島之國
是全亞洲
最浪費電力的
國家

啊我們需要
更多
光
明

二〇一一年　菲律濱《世界日報》

兀　鷹

籌碼骰子
聚合了一些人
仿如死亡
引來了一群
嗜屍的兀鷹

二〇一一年　菲律濱《辛墾》

世界末日

即敢於
在漫漫的長夜
入夢
也敢於在大白天
面對
成真的
惡夢
我怕什麼

世界末日

惡夢 A

街道上
大小樹伸出的
枝椏
全是乞討的
手

惡夢 B

飢餓的胃
直喊：
救命

惡夢 C

海嘯
狂笑
冰水中
懷孕的婦人
掙扎向
黃昏

二〇一一年　菲律濱《世界日報》

照　鏡

眼中銳利的箭矢
「嘶」的一聲
疾射
而出

仍然是落空
不中憫人
悲天

二〇一一年　菲律濱《世界日報》

杯　子

張着嘴
想吐出
胸中的怒火
還是
欲喊無聲

其實
什麼都不是
它只想說：
放鬆點
放鬆點

二〇一一年　菲律濱《辛墾》

一肚子氣

即使爆炸
也在所不惜
為了人間的不平
我
充滿一肚子
氣

汽球想

紅綠燈

希望
前面總亮着
綠燈

黃燈　亮給煩惱
紅燈　亮給愁苦
亮給飢餓
亮給疾病
亮給趕路的
歲月
至於綠燈
就亮給
愛吧

讓愛
通行無阻

二〇一一年　菲律濱《詩之葉》

垂　釣

沒有魚餌

哈哈笑
我說：
還有一大桶
甜言
蜜語

二〇一一年　菲律濱《詩之葉》

國旗的話

我羞愧
我歉疚
我傷心
我氣憤
「不要將我覆蓋在
殘殺無辜者的
靈柩上！」

我受到侮辱
我要無聲地
大喊
讓全世界
都聽到

二〇一一年　菲律濱《詩之葉》

倒　影

湖邊
大小樹
七嘴八舌
笑湖中的
樹都是怪模樣

笑得
小鳥掉下樹來

字

吸着煙
嘴裏
吐出的雲霧
怎麼看
都像
潦草的

癌

二〇一一年　台灣《創世紀》

汽　水

無益
健康

之所以有氣

啊不要
打開瓶蓋
如果你不想見到
我
一肚子
氣

二○一一年　菲律濱《耕園》

無題十八行

人人要做君子
卻不乏
製造贗品
製造毒奶粉
的
小人

人人想得孝名
卻不乏
爭奪祖產
粗暴對待雙親
的
逆子

人人都懂禮儀
卻不乏
到處吐痰

到處丟煙蒂
到處插隊的
人

二〇一一年　菲律濱《世界日報》

困

知道
自由
在天外天
等着

就是飛不出天空
這個
鳥籠

二〇一一年　菲律濱《耕園》

上碧瑤

松樹
都瘦了
才幾年不見
卻瘦成這樣

是憂慮
景氣不好嗎
是愁悶
遊客愈來愈少嗎
是苦惱
綠地不是變成了
高爾夫球場
就是蓋了樓房嗎

還是
難過
山下仍有那麼多

那麼多的

飢

腸

二〇一一年　菲律濱《世界日報》

小鎮風雨

屋簷
又在痛哭流涕了

它知道
小鎮的
路
已被大水淹沒
田園被大水淹沒
校舍被大水淹沒
雞犬被大水淹沒
連教堂的鐘聲
也被
淹沒

它想問
誰為悲劇播種？

馬容火山

看你一眼
像是冷漠而傲岸
的巨人
靜靜坐在哪裏
沉思

多看你一眼
核心的熱
居然令人
熱血
沸騰

再看你一眼
原來
沒有山
而是扶西‧黎剎那張

憂思的
臉

註：扶西・黎剎，是菲律濱民族英雄，詩人。

糖

嚴重
缺糖
之所以大量進口

啊
這麼多的
糖
竟使生活的苦澀
愈加
苦澀

積雪融化了

北極
傲岸的容貌
不再凝着濃濃的寒意
白髮
變黑了

變黑了
我憂懼

變黑了
我有莫名的
感慨

木　舟

一直擱在海岸邊
木舟
老了倦了
給人
冷落了

啊我知道
它的
感受

心　念

心念一動

涼風驟起
猛然躍出一頭
咆哮的
獸

心念一動

頓時
燦開
一朵淡雅素潔
芬香的
蓮

上　天

我不懂
妳的心
猶如不懂，一首晦澀的詩

是深奧
是膚淺
抑或隨意
塗鴉？

紫水晶

柔聲說：
「安息。」

諦聽哀吟
諦聽怒吼
諦聽遠方的礮聲

安息！
安息？

註：專家說紫水晶的靈性功能之一，是戴着它上床或放在枕頭下，能夠使
　　人心境平謐和感到愉悅，並使人安然入眠。

二〇一一年　菲律濱《詩之葉》

友　情
──給一樂

雨
滴成了
涓涓細流

細流
蜿蜒成湍急的
瀑布

瀑布
奔騰成清澈的
小溪

溪澗啊
又流動成
河

河呀
飛流奔注
成
大海

二〇一一年　菲律濱《詩之葉》

五色沙

——雲鶴、秋笛賢伉儷從大沙漠所謂「獨一
　無二」的地方帶回五色沙，贈我一小撮。
　有感而寫。

紅　燃燒的雲霞
藍　寧謐的海
青　無邊的草原
黃　隨風飛舞的稻穗
白　純潔如紙

啊五色沙具備它們的
能
量

如果你找不到奇妙的
美麗的
五色沙

請來詩中
尋覓

二〇一一年　菲律濱《世界日報》

宴

龍蝦　北京鴨
乳鴿　東坡肉
清蒸肥蟹

筷子呀
想了很久
才慢慢地伸出去
夾起
青菜

寫　詩

月光
在稿紙上
結冰
為使筆下炎熱的
情
降溫

第四輯　秘密

除 夕

床
一直不讓我
入眠

它說：
看啊
滿天都是
閃爍的
思念

二〇一一年 台灣《創世紀》

牽 掛

窗
張開嘴巴
大喊：
流星啊
到家時
別忘了傳個訊息
給我

平安回家

客廳裏
那尊彌勒佛
並非
笑古
笑今
笑人生

瞇着眼
咧嘴而笑
是因為
入晚時分
一家人
又都平平安安
回來了

嫁

不常在身邊了

照片裏晶亮的眼睛
還是
一聲聲地
輕喚着
爸爸……

二〇一一年　菲律濱《詩之葉》

詩八行

地球那麼大
望盡天涯
仍然見不到她的
笑靨

地球那麼小
僅僅
八行詩
就容下了

結婚紀念日

心情好
笑個不停

連驟雨
也在笑
原來
笑聲既透明又
光芒
四射

二〇一一年　菲律濱《耕園》

笑

顛顛簸簸
驅車前進
妻　皺眉：
道路
不平

哈哈笑我說
貧富
貴賤
司法
甚至人生也不過如此

伴　侶

坐在湖畔

妳的憂愁

猶如柳絲一般長

我　也是

妳的煩惱

恰似石亭一樣

堅固

我　也是

我是

妳

水中的倒影

二〇一一年　台灣《葡萄園》

燭　照

黑夜‧風雨‧停電
遂取來蠟燭
點亮
思
緒

恍惚中
照見了童年
照見了父親的悲嘆
母親的飲泣
妹妹的笑聲

恍惚中
照見了滿街的
飢餓
哀咽

也照見歌舞與
豪宴

恍惚中
照見水源乾涸
食米短缺
子孫們的
惶恐
也照見一朵
美麗的
核爆的
蕈雲

二○一一年　菲律濱《世界日報》

人生詩集

薄
又怎樣？

讀者
欣賞其詩情
越尋味越發現
詩趣的濃厚
領悟
意境的高妙
更欣賞
其薄而深
遠

瞄

故友
開玩笑說：
你還是老樣子
那麼
袖珍

哈哈大笑
我瞄着
尺八的身影
又瞄着
遠方
一株嶙峋而孤高的
古松

讀李商隱

「夕陽無限好
只是近黃昏」

千年後

黃昏絕了跡
夕陽更斑斕

尖 叫

追過去
以超光速
追過歲月
擋住歲月
像趕羊一樣
將童年
青年　中年
統統趕回來
卻不小心
啊啊——
不小心
讓歲月掉進了無底深淵

驚醒時
一身冷汗
聽見一聲
尖叫

月　餅

妻問道：
要吃月餅嗎？

當然
要好好品嚐
團
聚

二〇一一年　菲律濱《詩之葉》

差　別

你樂於
走康莊大道
我安於
崎嶇
險峻

你住山下
我住在山上

二〇一一年　菲律濱《世界日報》

厚

你說：
這把槍的子彈
可以貫穿
三吋
鋼板

我大笑：
友情呢？
親情呢？
還有
愛情呢？

怒

農藥　蔬菜
農藥　蕃薯
農藥　菓子
農藥　稻穗

沉默了很久
上蒼
終於風馳電閃
以震耳的
雷鳴
喝道：

真以為
無法
無天嗎

二〇一一年　台灣《葡萄園》

眼耳鼻舌

小時候
看綠樹
聽鳥聲
聞花香
嚐鮮奶

長大
看高樓
聽車聲
聞廢氣
嚐
三聚氰胺

哈嗆！

不是灰塵
也不是
狗毛——
令人直打噴嚏

而是妒忌
而是中傷
而是穢言穢語

哈嗆！

淨

進門時
聽見妻子說：
「房間
清潔了。」

是的
這方寸
早該好好地
掃除了

二〇一一年　菲律濱《詩之葉》

這麼想

了無遺憾吧
那紅紅的
花
燦爛過
芬芳過
艷麗過
喧鬧過
也結了果
然後慢慢地枯萎
和凋零
化為泥土
呵呵──
美好的一生

紙花這麼想

甩手功

即時放下
心事放下
一直甩
棄除了一身病

用善念練氣
用愛心療疾
一直甩
棄除了
貪
嗔
痴

一直甩
無為而無不為

二〇一一年　菲律濱《詩之葉》

根

欣欣地生長
這顆心
長出了樹幹
長出了樹枝及
綠葉
在風中
時而歡呼
時而痛哭
時而為炮火下無辜的
死者
默哀
也為壯美的落日
鼓
掌

拍手功

不斷拍手
葉子們
一大早就站在樹上
拍手
讚美花香
讚美陽光
讚美鳥語
讚美蔚藍的天空

跟葉子們一樣
我
站在平舖的綠草上
不斷拍手
為了生命的奇蹟
為了珍惜
而用力
拍手

淒清的中秋

低聲問：
你在哪裏？
你在哪裏？

她聽見
涼風
揪心的
哽咽
她看到
黑夜的眼睫上
掛着
月亮又圓又大的
淚

二〇一一年　菲律濱《耕園》

機上・落日

今天才知道
黃昏時
那顆艷紅的落日
不是
隱入雲海中
休
息

而是匆匆
趕往人世間
點亮了
萬家
燈火

大瀑布

面臨深淵
毫無懼色
惟　現實
從背後猛力一推

哈哈哈

竟以為我
真會摔得
　　　　粉
　　　　　碎

鼠

半夜
又驚醒
唉！
我竟活在鼠輩
橫行的
世界

上　課

在教室裏
上歷史課

小孫子
聞到硝煙味
聽見砲彈的
呼嘯
也看到了
鮮血　鮮血　鮮血

啊啊——
小小的心
會不會
蹦蹦亂跳？

歲　月

放學回家
小孫子問：
什麼是歲月？

呵呵笑
我想：
不就是心中
一道道
傷口嗎？

愛是一陣風

若要好好地
感受　愛
那就把你的心懸成
一串風鈴

每當
情愛之
風
輕輕地吹拂
你的心
就輕輕地搖幌
──叮叮噹噹
搖幌出
喜悅
與
欣慰

比

你說　不是
巍峨的大山
但我
高聳

你說　不是
奔騰的江河
但我
寬宏

小小的心
比大山高聳
比江河寬宏

大　水

出門時
總喜歡
照照鏡子

妻說：
別照了
鏡子裏
滔滔滾滾的
大水
每次都沖掉
一些
歲月

硬　幣

你堅持
兒子一定要出國
才有
前途

我無語
手中
玩着硬幣
看看這一面
又看看
另一面

黑　洞

銀河系中
深邃無比的
黑洞
深邃得像
心
吸取了
惱恨之殞石
仇怨之星塵
嫉忌之光

唯
吸取不了
愈來愈大的
不平
和
悲憤

體溫計

體溫計
限制不了
水銀的
沖動

遭遇不平之時
憤慨
比發高燒還
熱

笑

月亮
又冷又傲
說：
多少人
在黑暗中
仰望
光明

太陽啊
只是
瞇着眼睛笑

雨　天

在路上摔了一跤
要哭就哭吧
（你們要笑就笑）

頭破
血流
都只草草一生

．

在路上摔了一跤
要哭就哭吧
（你們要笑就笑）

從前生
摔到今世
而來生呢？

逢舊友

細細
品嚐
我是不幹的
要嘛，就取來海碗
痛痛快快
喝濃情
也喝
濃愁

而醉
也不過是
吐出
肝腸

畫

──悼莊銘淵先生

聽說您走了

悄悄的，我以哀思

一筆筆

在心中繪出

爪架蔭下

一白衣的景仰者

抬頭望着

天邊──

雲煙繚繞中

若隱若現

那座蒼蒼，巍然聳立的

峻嶺

二〇一一年　菲律濱《耕園》

註：《聯合日報》社長莊銘淵老先生，一九二三年三月十七日，生於福建
　　晉江青陽，卒於一九九三年十二月八日，享壽七十有一高齡。莊先生
　　獻身新聞事業凡四十載，畢生為報業致力，為社會服務，宏揚中華文
　　化，推展文藝運動，勳績卓著，聲譽崇隆。

詩之火
──悼月曲了

用意念之火
在遙遠的天際
你
焚毀方向
焚毀時間
也焚毀陰陽阻隔

我看到
星空中
你與心愛的人再次
牽着手
仿如首次約會般
歡歡喜喜地
坐在月牙上
談詩

二〇一一年　菲律濱《詩之葉》

唱

吱吱吱
小小鳥
就是喜歡
唱

高調

二〇一一年　菲律濱《詩之葉》

詩的重量
——懷月曲了

朋友
走了
在告別式上
那首朗誦詩
竟壓得
胸口
有點痛

悲淒的調子
好沉
好重

二〇一一年　菲律濱《詩之葉》

絨　布

眼鏡
看不清了

如果
懷念是絨布
那就擦拭吧
或會
清晰地
看見
嘴邊掛着微笑的
父
親

別

別了　別了
哪一天
我也要輕輕地說
別了
別了

這句話
雲也要說
雨也要說
花也要說
樹也要說
連千年的石壁
也要說
而聆聽的
只有時間蕭穆的耳朵

二〇一一年　菲律濱《耕園》

血與肉

醫生說
你有點貧血
攬鏡自照
臉色
蒼白
容貌也
瘦削了許多

血，哪裏去了？
肉，哪裏去了？

躺在床上
就着暈燈翻閱
剛出版的
詩集
啊居然發現——

有血

有肉

二〇一一年　菲律濱《耕園》

暗　戀

憶起
校園裏
妳的淺笑
——美得
有如滿天的晚霞般
醉人

啊啊
酩酊的船兒
一直
在心海中
顛簸

時　間
──遊印尼 Bintan 有感

每天
傍晚
浪潮都準時
來收撿
深深淺淺的
腳印

一天又一天
一個月又一個月
一年又一年
一世紀又一世紀
浪潮
不計數
收撿多少
腳印

二〇一一年　菲律濱《世界日報》

心

做一條
涓涓的溪流
不如做
一瀉萬里的江河

寬闊啊
深沉啊
容納星星月亮
和
太陽

不　要

不要把我
放在心上
不要為我
受傷　流血

雖然映着
斑斕的彩虹
我　卻是鋒利的
多稜性
水晶

二〇一一年　菲律濱《詩之葉》

貼上回憶的郵票

歡笑
寄了出去

青春
收到悲悲切切的
哭
泣

看夜景

與妳
坐在草地上
看夜景

突見
璀璨的流星
一面飛奔
一面嘶喊：

珍惜

吃 甜

不喜歡吃甜
竟得
糖尿病

啊愛情
比糖
還要甜嗎？

靠

地理師說：
「這座位後面
沒有窗
有靠！」

有靠！
有靠！
老婆痴望老公
老公注視老婆
臉上洋溢着
笑容

淚之花

開出的
是
晶亮閃爍的
淚

如果
相聚時
笑聲
全栽在肥沃的心田裏

冷　漠

沒有熱情？
不再激動？

眉睫
風霜了
而時間
已在心中堆疊成
雪

熱

聒聒噪噪

我聽不見

你在說些什麼

想些什麼

有時候

沒有語言

只一個顧盼

我即

聞到

熱

房　事

老老實實
打拚了一生
仍在租
房子

豪宅
偷偷告訴你
「方向錯啦
傻瓜」

與你對視

一個字
一隻眼睛

詩集中
一隻隻眼睛
與你對視
直到你驚覺
滿天
絢爛的晚霞
幾隻歸鳥
青翠的峰巒
一溪繞山的流水
一間草舍
還有
倚門等待的
人

直到你眼眶濡濕

視線模糊……

二〇一一年　菲律濱《世界日報》

濕

哀傷
飄灑

我是雨中
不閃不躲
疾走的
人

縱然　渾身濕透了
也不閃
不躲

一杯惦念

妻說：
再沒有
比喝黑咖啡
更難
入眠了

嘻嘻笑
我說：
要不要試喝
一杯
惦念

吵醒歲月

隔鄰的嬰兒
不停地
啼哭

啊啊
讓母親抱在臂彎裏
的日子
讓父親吻臉的
日子
還有捉迷藏
放風箏的日子
都被吵醒了

馬　兒

——題攝影家周清劭先生的「日暮途窮」

馬兒啊
你已疲累
別再穿梭於車輛與
車輛之間了
收起你的蹄聲
美麗而淒涼的
蹄聲
都傾倒於
人們的
記憶中吧

馬兒啊
你也有愛國心
你
負載着槍聲
負載着炮聲

負載着侵略者的

叫囂

和一段多麼沉重的

歷史

一步步

走向天邊

消失於艷麗的

夕陽裏

二○一一年　菲律濱《世界日報》

註：「日暮途窮」是黑白照片，作品標題寓意作為交通工具的馬車將被
　　淘汰。

星洲賽車

再快
也離不開地面
呵呵——
離不開　老
離不開　病
離不開　死

再遠
也只是繞着圈子
愛情　麵包
麵包　愛情

二〇一一年　菲律濱《詩之葉》

速　度

小孫子問：
什麼是速度？

從皮夾裏
抽出兩張照片
一張是
黑髮的我
一張是
灰髮的我
說：
這就是速度了

金龍魚

冷冷的
水族箱裏
盛滿了孤獨
盛滿了寂寞
讓金龍魚
游
一輩子

若是
近看
那對又圓又大的
眼睛
會把我
要說的話
全告訴
你

二〇一一年　菲律濱《詩之葉》

秘　密

掛在牆上
那張畫
是一面鏡
而鏡裏的蓮花
是我
卑微的

心

踐　踏

所有的路
都想站起來
大踏步離去

外星人
窺視地球之後
下了
結論

（誰願意
不斷地
遭受踐踏）

沉

不必細究
浮於
水面的
東西

只要知道
有重量的
都已沉在深深深深的
心
底

長短刀

切割着
兩支冷冷的長短刀
切割掉童年
切割掉中年
切割掉老年

牆壁上
如此鋒利的
長短刀
就是切割不了
笑中
帶淚的
詩

回　家

湍急的溪流
嚷嚷
要回家了
要回家了

飛鳥
暗驚：
它愈走愈遠
沒有
回流啊

辛　酸

每次經過母校
那校門
總是張着嘴
向我講述
滿腹的辛酸

唉！
我說什麼好呢？
自己
華校畢業的
後代
也看不懂
中文報紙

二〇一一年　菲律濱《世界日報》

筷子與刀叉

祖父在時
桌子上
擺着一雙雙
筷子

父親在時
桌子上
擺着筷子
也擺着刀叉

今天
僅僅擺着
刀叉

老　屋

不見了
老屋
被夷平了

遂盯着
那滿額的皺紋
緊緊抱着
她
久久
不放

遊山玩水

妻說：
遊了山
玩了水
對這個世界
你是否
另有
看法

狗亂吠
蚊子
追着人咬
好在到處是耀眼的

紅花

入　口

妻叫道：
又要出門了嗎

嘻嘻笑我說：
不是出門
是走進
看月亮看星星
看萬家燈火
的
入口

玩

躺在母親的懷抱裏

嬰兒

以純潔的眼光

問

這世界

好玩嗎

航空母艦

在海上

巡邏

裝甲車

一輛又一輛

出動

戰鬥機

不停地

升空

這世界
實在太好玩了

嘀　咕

鴿子兩三
在鐘樓上嘀咕嘀咕

嘀咕嘀咕
說教堂外
跛腳的老丐走了
說他無親無戚
說他常常挨餓
說今天的陽光
分外冷峻

虹

又看了一場
人間的生離死別
天空
嘩啦嘩啦地
哭了
它將心中的憐憫
變成一座
七彩斑斕的
橋

任思念
從這一邊
走到
那一邊

問飛鳥

政客們
又帶着女人
坐豪華的遊艇出海了

飛鳥啊
誰
將海浪的呼嘯
聽成
民間的
疾苦聲

燃燒的夕陽

在戰火中
家園
毀了

機窗外
全是驚惶失措
逃難的

雲

二〇一二年　菲律濱《詩之葉》

說三道四

叮叮噹噹
一大早
窗外的風鈴
便在那裏說三道四

說旭日
不公平
連眼前的角落
也沒有照到

二〇一二年　菲律濱《詩之葉》

雨叩窗

滿屋子
藥味
哪裏去了？

澈夜無眠
躺在床上
輕聲咳嗽的人
哪裏去了？

一大早
持着數珠
坐在籐椅上
虔誠地唸經的人
哪裏去了？

雨
頻頻叩着窗
詢問

二〇一二年　菲律濱《詩之葉》

看　花

知道
凋零的季節
遲早要來
花
毫無懼色
開得愈發璀璨了

說道：
葉呀
別一直顫抖
還是乘早
歌唱
飛舞你的
青翠吧

陀　螺

獨立

獨立

獨立

沒有後繼力

陀螺

慢慢地倒了下去

無論左轉或右轉

一定要

再站起來

獨立給全世界看

事　件

小心
也沒用

是狗就是要
吠
即使放輕腳步
也會引來
驚天動地的
亂吠

一隻脾氣暴躁
不解人意的
畜生

吹

喜不喜歡
都要聽
它
自吹

要怪就怪
她吧
竟在陽台上放了一盆
喇叭花

搖搖晃晃

剛學會走路
嘻嘻笑的
小孫子
迎面走來

我一陣心疼：
每條路
都要——
這樣的勇敢
這樣的笑着
走啊
即使是
搖搖
晃晃

擦　鏡

用布條擦了又擦
鏡子
一塵不染

妻說：
別擦了
就是擦得更潔淨
更明亮
像溪水一樣
也沒人
看見自身的
污濁

以詩拍照

你拍的
是人
是風景

我拍的是
貧窮
饑餓
和四處燃燒的戰火

我拍的是
親情
溫慰
還有不捨的離愁

我拍的是
孤獨
寂寞

與
這一片滄茫

二〇一二年　菲律濱《耕園》

新　僑

小孩說：馬尼拉
有很多機車
有很多集尼車

女人說：馬尼拉
有很多商場
也有很多高樓

男人說：馬尼拉
有很多很多
離愁

二〇一二年　菲律濱《詩之葉》

問

年年頒發
「和平獎」

槍砲口
都冷卻了嗎？

捽

選舉是
鏡子
照出誣捏
照出污蔑

照出
刀光劍影
照出
五千年裏
一場場殘殺
一次次興衰
以及無數次改朝換代
也照出
今人不休的
爭鬥

真想把這鏡子

狠狠地

狠狠地

摔碎

茶 壺

忍！
忍！
忍！
忍受人世間一切
煎熬

茶壺
終於忍不住
對杯子
吐
苦水

染　髮

白的
染成了黑的

對着鏡子
我竊笑：
自己
又見證了一場選舉

香　水

倒出三兩滴
抹在身上
就可以整天
聞到
那沁人的
馨香

瓶子裏
裝滿了
妳的煩憂
妳的喜樂
妳的輕愁
以及溫柔的眼神

游

池塘裏
金魚
為何游個不停

啊我明白
它不願被囚於尺幅之內
只想
游出這張

畫

超級公路

妳說：
這條公路
是無限延長的
尺

我大笑：
能不能
用來測量
人心

附錄

豈只深入淺出那麼簡單

——談和權詩集《我忍不住大笑》裏的一些小詩

周　粲

我又拿起了和權的詩集《我忍不住大笑》來讀。

第一次讀這本詩集時，我把重點放在個人偏愛的小詩上，這一次連一些行數比較多的詩也一一讀了，這才發現：和權不只小詩寫得好，長詩也令人刮目相看。比如他那首佔了九頁的詩《狼毫今何在》，不僅讓人看到了詩人駕馭長篇作品的功力、魄力，也看到了他氣震山河、豪邁激越的胸襟。說句幽默誇張的話：「和權何人哉？豈今之杜甫乎？」因為我個人在捧讀的過程中，唐人詩聖杜甫的一些經典名篇都不自覺地紛紛浮上了腦際與心頭。我最先想到的是他的那首五言律詩《春望》：「國破山河在，城春草木深；感時花濺淚，恨別鳥驚心；……」。

但是我不在這裏談和權的長詩，我只避重就輕地縮小範圍，只談他的小詩。

縱觀和權的小詩，從內容方面來說，也正如他在自序中所闡明的，它的主調就在「對苦難人生的悲憫，對貧富對立的厭煩，對親人的愛戀，以及對戰爭的憎惡惱恨」上。基於這個主調的發揮，難怪在閱讀時，讀者會自然而然地產生內容豐富、涉獵深廣、感情真摯細膩的感覺了。

　　另一方面，我們也不難發現：和權對咏物詩，可謂情有獨
鍾；在為數將近四百首詩中，針對某種物件歌之咏之的詩，似
乎佔了絕大多數；僅以第一輯中的詩為例，就有了《樹根與鮮
艷》、《槍》、《鈔票》、《路》、《月光》、《中秋月》、
《潮濕的鐘聲》等等。

　　咏物詩在古今的詩作中，是一大類別；至於寫得好不好，就
全視作者是否有獨到的眼光和表現的能力而定了。

　　和權的詩集叫《我忍不住大笑》，這其實是第一輯中第一首
詩的篇名。詩這麼寫：

　　　　落日
　　　　對着
　　　　一大群人圍觀的講台

　　　　講台上捏拳的演說者
　　　　說得連公園裏的椰樹
　　　　都不停點頭

　　　　假如海灣的落日
　　　　是我睜開的一隻眼睛
　　　　嘩然的海浪
　　　　便是我忍不住的大笑

　　詩中，作者並不曾說明演說的地點；因為這一點並不重要。
反正類似的演說，哪裏都可能會有。不過在這首詩裏，作者倒是

就地取材，把當時眼前所見標明出來；那是落日、椰樹、海灣和海浪。就地取材有一個好處，那就是能更生動更直接地帶進當時的情景中，或者說，進入狀況。不必多著筆墨，輕描淡寫地「捏拳」二字，就已經把演說者非常形象非常生動地鈎勒出來了。他是慷慨激昂的。至於演說的內容、事件，大可以略去不表。反正，一定是說服力很強的，要不然，怎麼連在場的椰樹都頻頻點頭稱是？作者把描繪的對象都集中在椰樹身上，不提作為人的聽眾，但是聽眾中大部份被演說者也許是精彩的內容所感動，所認可，卻不言而喻。

那麼，那個當時也在現場的詩人聽了演說之後有什麼感想什麼反應呢？聰明的他，當然不會直接告訴你。他轉彎抹角地呈現出一幅假設的畫面，也就是詩最後一段的那四行文字。現在我們知道了：詩人是旁觀者清的，他是非分明，不會輕易被說服、被愚弄、被欺騙。他顯然對捏拳那個人的言論，有異議。異議到了極致，便只能大笑狂笑以對。如果讀者視末段的陳述為一場演出，那該是多麼精彩的一場演出啊！

這就是詩了。一切盡在不言中（大笑而不說話），卻比說了一大堆話效果更好。總之，演說者的花言巧語是逃不過詩人銳利的眼睛和靈敏的耳朵的。

也許詩人在無可奈何的情況底下，只好以笑特別是大笑來暫時抒發心中的憤慨與不滿，所以除了上面這首詩以外，他也以《大笑》為題，寫了另一首詩如下：

波斯灣滔天的白浪
轟轟隆隆

笑不停

笑
不准離境的
貴賓
笑
有多少正義哪
就有多少槍炮
笑
整個世界
是光明了
在熊熊的戰火中

　　在這首詩裏，發出笑聲的不是詩人，而換了角色：「滔天的白浪」。詩人臚列出白浪大笑的原因。最吊詭的是：正義與槍炮，居然同等數量。尤其是指出世界之所以有光明，是由於它是在「熊熊的戰火」的照耀之下。多麼大的諷刺，也是多麼大的悲哀啊！

　　《大笑》是一首咀咒戰爭的詩，另一首咀咒戰爭的詩，是《計數》：

童年時
不止一次
伸手計數：
花園裏

跳上跳下
啁啾的雀鳥

現在
不止一次
用心計數：
熒光幕上
僵肢仆地
無聲的軀體

很顯然的，這首詩，是以對比的手法寫成的。一經對比，美麗與醜陋，一目了然。現在，我們一起來看和權的另一首詩《稿紙原野》：

種在這裏
一顆心　長成的
不是招風的大樹
是一朵
含笑
謙謙卑卑的
小花
瑩白的小花
溫馨地粧點着原野

這應該是詩人的自白吧。他認為他用心寫出來的詩，每一個字都是一朵名為含笑的花。花雖小，但是在原野一般的稿紙上，不只不會有壞處，而且有好處。花是「謙謙卑卑的」，其實就等於說：詩人自己的心是謙謙卑卑的。所謂「有一分想，發一分光」，也可以作如是觀。

集子中有一組《四行詩》，一共十首，我特別欣賞第九首：

> 你走了以後
> 被挑動的心弦
> 逐漸地
> 化為摸不着的天地線

這首詩雖短，但寫來深情款款，令人掩卷唏噓。你想：先是心弦被挑動了，成了短暫的曲線。但是隨着人的離去，心弦又恢復了平靜，這不就像極了又直又平，紋風不動的天地線了嗎？「逐漸地」三字，在這裏，決不可等閒觀之。它是客觀事實的表白。遇到這種事情，往往如此；當事人，一定了然於心。

與上面這首四言詩同類的是這首叫做《鬍鬚》的小詩：

> 刮了
> 明天又長
> 刮了
> 明天又長
> 啊　思念　思念

　　鬍鬚和思念，看似毫不相干，但是它們卻也有相似之處，那便是不停歇不斷絕。且別以為日子久了，就把什麼都忘了；其實思念只是暫時潛伏着，一經挑撥，又如同春草一樣，「更行更遠還生」。

　　詩人和權經常和水晶接觸，知水晶者，莫若和權，所以由他來寫與水晶有關的詩，再適當不過了。他的《寫給水晶》有兩首，我這裏只抄下第一首來談談：

> 一遍又一遍地輕輕撫摸
> 如是，就可以
> 在寂靜的寂靜的夜裏
> 觸摸到
> 你心中的創傷
> 就可以感受到
> 你
> 處身於水深火熱中
> 的痛苦
> 感受到你的挫折
> 你的壓力
>
> 跟你一樣
> 你生命中所有的傷口
> 都標誌着堅忍
> 我的心
> 因為破裂而

顯現出絢爛的光芒
顯現出繽紛的色彩

　　讀這首詩，我個人的感覺是：詩人表面是「寫給水晶」，事實上是寫給自己。沒有錯，水晶雖是礦物，卻不是普通的石頭，它必然須假以時日才能「修成正果」。詩人在人生的旅途中，不也曾經歷盡滄桑，以至於在身上心上留下累累的傷痕嗎？要不，詩人怎麼會說，他是跟水晶「一樣」的呢？當然，跟水晶一樣的還有一點，那就是有堅忍不屈的精神，無論有多大的壓力，都能坦然面對和承受。因為詩人知道：磨煉的結果，是有回報的；那就是像水晶那樣的「顯現出絢爛的光芒，顯現出繽紛的色彩」。

　　前面不是說和權寫了好多好多詠物詩嗎？《焚化爐》就是其中的一首：

化了，斑白的亂髮
化了，慈眉善眼
化了，硬朗的骨頭
化了，柔軟的心腸
化做一堆灰燼
還諸地

化了，深深的哀愁
化了，萬丈豪情
化了，溫馨的回憶
化了，同情與悲憫

化為一股青煙
還諸天

化了化了
什麼都化了
除了如同星辰般燦亮的
名字

　　在和權的作品裏，這可以說是一首十分嚴謹、十分完美的詩。它幾乎到了「增一字則太多，減一字則太少」的地步。

　　另一方面，讀和權的詩，我們也不難發現，它們有一個共同點，就是不清楚地說明人物、時間和地點，包括事件的前因後果。這樣一來，詩就可避免局限於單一的對象；也就是說：詩所反映的事實更有了它的普遍性。當然，詩人也必須考慮到讀者對這個問題是否或多或少的瞭解。聰明的詩人，在這一點上，他是「心裏有數」的。

　　再回來談這首詩。這首詩的結構，也頗異於其他的詩。第一、二段一連各四個「化了」，所以我說它「聲情並茂」。每一個「化了」，都是一聲重重的嘆息。我們也看出：第一段「化了」帶上的，都是可見可觸摸的人體上的東西，包括頭髮、眉毛、眼睛、骨頭、心腸；而這些東西，幾乎全是以有褒義的字眼包括慈、善、硬朗、柔軟作為修飾語的。但到了最後，一進了焚化爐裏，都變成了「面目全非」的灰燼。

　　同樣的，第二段中的哀愁、豪情、回憶、悲憫等，也變成了留不住，收藏不起來的青煙。

　　灰燼是能夠回歸到土地裏的，青煙則只能夠在空氣中消失無蹤了。我們千萬不可忽略了兩段中重複使用的「還」字。詩人心細如麻，他要告訴我們：人是天地的「產物」；有了天地、才有人；人死後，便得把他擁有的一切，都歸還給天地。這跟ASHES TO ASHES的說法，是有點相似的。

　　把一切都歸還給天地，那麼，曾經擁有一切的那個人，不是變得「一無所有」，或者說，到人間來空跑一趟了嗎？也不盡然，如果在生時有作為，有貢獻的人，一旦物化了，他的「豐功偉績」，還是會成為人們津津樂道，而且「道」時肅然起敬的事蹟的。死有重於泰山，有輕於鴻毛，泰山巍峩，豈是吾輩忘得了或者視若無睹的！

　　總之，能夠留下令人追憶的「名字」，便不虛度一生了。不必閉眼，我們都能夠念出一大串光輝的名字。不是嗎？

　　集子裏的《一島兩國》這首詩也很引起我的注意：

　　　夜雨飄灑

　　　總統府外

　　　民主被驅離之後

　　　一排傷心的路樹

　　　突然大笑起來

　　　笑聲磔磔

　　　如驚濤

　　　拍岸

　　　濺濕了

　　　電視機前

> 你的雙頰
> 他的衣襟

　　我不是說過嗎？和權的詩裏，往往故意不提事發地點，這裏就是一個例子。「總統府」哪一個總統府？其實它可以是好多的國家的總統府，因為同類的事故，是可以在不同的國家發生的。我也說過：和權擅長於將大笑「搬上舞台」，這也是一個例子。詩中，詩人不說群眾而說「民主」；不說人而說「路樹」。這都是技巧恰到好處的應用。路樹不但能大笑，它的笑聲還能化為「實物」，把電視觀眾的臉和衣服都弄濕，真是「匪夷所思」。如果說詩人也是魔術師，可謂「一點不假」；因為他「神通廣大」。

　　和權的詩歌創作內容多樣化，接着要談的是一首偏向抒情的《一張照片》：

> 怔怔地
> 把臉上的皺紋
> 看成了
> 蜿蜒的江河
> 水聲冷冷
> 朝生命的盡頭
> 流淌而去
>
> 假如
> 有一條小舟

　　那就推下江河吧

　　讓小舟漂流

　　載走了

　　異鄉人的

　　歸心

　　我認為這首詩最大的特點，是想像力的發揮。可以說，它發揮到了極致。你想：皺紋變成了江河，而江河裏，又放進了詩人設想出來的小舟，小舟又載走了歸心。畫面中的一切，都是「無中生有」。是詩人在說夢話嗎？不是，任何想像中的畫面，其實都是詩人的感情激蕩起來的產物。它是能夠被理解而且可以被接受的。李白：「白髮三千丈，離情是個長」可作如是觀。至於這首詩，重點在「歸心」二字。上面的陳述，都是為了達到送歸心的目的而設的。

　　作為海外華僑，不管到了第幾代，還是免不了有思鄉的感情。尤其是對那些有了委屈的華僑來說，心懷故土之外，又多了一份憤憤不平。這一點，詩人借《石獅》這首詩來表達：

　　北橋拱門下

　　兩尊無人理會的

　　石獅

　　怒目

　　一看，就知道這首詩的「關鍵詞」是「怒目」；而石獅子之所以怒目，原因就在於二、三段落中的所述，即：華語變腔，漢

字斑駁，姓氏被遺棄，一些人的臉上看得見屈辱。但最惹石獅子怒目的，卻是不能為隔海因戰亂而受苦的人分憂。其實，說石獅子怒目，分明只是一種寄托，一種假借；所謂言在此而意在彼，就是這個意思。至於「隔海」，隔的是什麼海？讀者心知肚明，作者點到為止，這就是詩之所以為詩了。廣州人說：「畫公仔畫出腸」，有這個必要嗎？另一方面，詩人感同身受，執筆為詩，當然更容易做到入木三分。

我也很喜歡集子中《中秋》這首詩：

> 華僑的月
> 不是一輪滿月
>
> 清冷的
> 月輝探入，探入
> 半掩的門窗
> 鄉愁，赫然在床上
>
> 顫抖的手
> 握住郵寄而來的鄉音
> 那是老母親疊聲的
> 呼喚
>
> 仰對長天，呀
> 華僑的月

被窗外一條電話線
分割為兩半

詩人「開章明義」，就說了：「華僑的月，不是滿月」。這一說，就決定了中秋節裏華僑的月的「命運」了：而這種命運，似乎是不能逆轉的，不能改變的。之所以如此，答案在最後，它被電線分割為兩半了。電線有這個能耐嗎？真是「欲加之罪，何患無詞」！其實說穿了，電線也者，只是「指桑罵槐」。或者說，電線在這裏，成了代罪羔羊。華僑的月之所以不滿，是另有原因的。原因之一是鄉愁，也可能還有其他的。詩的第三段中說鄉音可以「郵寄」，那是詩人故作「驚人語」。郵寄的，該是信件吧？通過信件的展讀，慈母喚兒的一幕，便歷歷如在眼前了。如果對於這首詩我還「語猶未盡」，那便是也應該指出「華僑的月」的不同凡響。以「華僑的」作為月的修飾語，是有幾分「標新立異」之嫌的。月有圓月缺月，滿月半月，哪兒會有什麼「華僑的月」！然而經詩人這麼一說，「華僑的月」不只有了自己的「定位」，而且月與華僑的關係，就顯得非常密切了。

和權的這本集子，好詩其實還有很多，因為篇幅的局限，不能一一細說。還有一點，像《落日藥丸》、《橘子的話》等佳作，評之讚之的人不少，我這裏就不再多說了。

末了，我還想強調一句：和權雖然身在海外，是華僑後代的一員，他「愛詩如命」，一生苦心經營，而有了今天這樣可圈可點的成績，的確令人既敬佩也興奮。據我所知，他還繼續孜孜不倦地創作，與詩神「形影不離」，他日的成就，必然更能叫人

刮目相看。我也相信：他下一本詩集的出版，一定是一種強力
出擊。

　　讓愛詩的我們，拭目以待吧。

我就喜歡這種詩
——讀和權的詩集《隱約的鳥聲》

周　粲

　　和權真了得，幾乎是一口氣就推出了三部每部都厚達數百頁的書；包括最新的詩集《隱約的鳥聲》。

　　讀了這部詩集之後，我想根據個人的喜好，挑出若干首小詩來談談。

　　首先要談的是頁47的《鷹》：

　　　一飛衝天

　　　因為掀動的翅膀

　　　一左
　　　一右

　　這首只有五行的詩，其實可以目為詩裏的小小詩。你會怎麼解讀這首詩呢？依我個人的看法，這首表面上寫鷹寫鳥的詩，其實寫的是人。鷹只是一種寄托；也就是所謂「言在此而意在彼」。君不見有人之所以飛黃騰達，高官厚祿，靠的是什麼？還

不是靠他的看風轉舵，忽左忽右，在意識形態上隨時作適當的、必要的調整。另一個說法就是：這個人是個騎牆派的人，你「不齒」是你的事，在事業上，他已經功成名就了，他已經「一飛衝天」了。而想達到這個目的，只消掀動翅膀，使它能一左一右而已。

我這麼分析這首詩，你是不是認為有牽強附會之嫌？

再看頁79的《情人節》：

> 聞到
> 你手上淡淡的
> 花香
> 啊——
> 數十年前今天
> 你含笑接受
> 三朵
> 紅玫瑰

這首詩和上一首詩，內容完全不同。這是一首深情款款的情詩。作者寫的是一件發生在情人節的事。男的在情人節聞到女的手上的花香，不覺產生了聯想。他想到數十年前的另一個情人節，女的曾經含笑地接受了男的贈送的紅玫瑰。也許正因為這三朵紅玫瑰，進而發展到女的成為男的新娘。這首詩，寫得多麼溫馨，多麼動人。

現在倒退一頁，看看頁78的《念》。這首詩的題目，叫做《念》固然可以；叫做《父親》也無妨；因為整首詩寫的是對父

親的思念之情。且看：

> 微醺時
> 緊抓住一縷
> 酒香
> 往上飄飛
> 或許
> 在暮色的雲端
> 見到
> 父
> 親

　　作者在這首詩裏，發揮了他極為豐富的想象力。他竟然匪夷所思地能緊抓住一縷酒香往上飄飛！讀者諸君，他抓住的，是不可見、不可能的香味，而不是一條繩子呢！他為什麼這麼寫？因為也許父親也是好酒之人，一聞到酒香，就聯帶想到父親。酒香是思念的載體和依據。現在父親在哪裏呢？不必說，他早已魂歸天國了；所以想再見到父親，唯一的途徑便是到達父親的「存在地」雲端（天上）。

　　現在要看的是頁106的《菩薩》：

> 唸佛聲中
> 驀地揮手
> 撲殺了腿上的蚊子

似乎
淚光一閃
觀音
依舊含笑

詩中所寫的事情是有可能發生的。你在聚精會神地在唸佛，忽然間，你感覺身體某處一陣微痛。是被蚊子叮了一口。你不知不覺，下意識地一揮手，結果把蚊子打死了。天啊，這可是殺生哪！是不容許的。平時已經不容許，更何況是在拜佛唸經的此時此刻，尤其是犯了一大忌。怎麼辦？「似乎／淚光一閃」。是唸佛的人感到於心不忍，而禁不住要流淚吧？所謂「惻隱之心，人皆有之」。那麼觀音菩薩這方面呢？她會譴責殺生的凡人嗎？答案當然是不會。因為我們都知道：觀音菩薩是「慈悲為懷」的，她能夠原諒、寬恕「一切眾生」。所以她「依舊含笑」，表示她很理解，也很諒解。

再讀一首跟宗教有關的詩，即頁109的《超度》：

莫非要超度所有
亡魂？

地震之後
葉子們
竟夕在風雨中
唸：

南無阿彌陀佛
南無阿彌陀佛

相信詩人寫這首詩，是基於不久前地震事件的聯想。詩人
先不說明誰在「超度」，為誰「超度」，到了第二節，才讓讀者
「真相大白」。原來在進行超度工作的是葉子，被超度的是地震
中的亡魂。連葉子們都要唸南無阿彌陀佛，為死難者超度，而且
是「竟夕」（整個晚上），可見葉子們是多麼虔誠，多麼富有愛
心和同情心。另一方面，說葉子們竟夕在風雨中頌經，意象十分
凸出，可圈可點。

頁113的《另一種土地》，是一首有奇思妙想的詩：

長出雀斑
長出鬍鬚
長出魚尾紋
長出白髮
也長出一枚枚
嘆息

鏡子
是另一種土地
而顏面
是種子

　　顯而易見的，這首內容奇特的詩，一定是有一天，詩人在對鏡時，神思飛馳，有感而作的。在照鏡時，如果想到鏡子是土地，顏面是種子，那麼，雀斑、鬍鬚、魚尾紋、白髮等，都是作為顏面的種子長出來的。這些僅屬於不帶褒貶意思的敘述，一直到了「長出嘆息」，才讓讀者知道詩人在對鏡時，發現了歲月的流逝，年華的老去，不覺悲從中來，發出了「一枚枚嘆息」。

　　既然被叫做詩人，說明他的觀察力，想像力都比一般人強。不信，請看頁120這首《新居》：

傍晚

在四十八樓

泳池邊

遠眺

恍惚間

望見

逃學那一天

母親

手持藤條

在家門外

啊——

在家門外

等我

　　從這首詩裏，我們看到的是：詩人搬了新居，新居在公寓的哪一層樓我們不知道，但是游泳池是在公寓的第四十八樓。詩人傍晚時分，到四十八樓的游泳池邊望眺，結果聯想到、回憶起小時候因為逃學，母親持籐條等他回家，準備好好地教訓他的一幕。詩人把「等我」二字另起一節，以製造懸疑效果，說明詩人下筆時，是經過一番構思經營的。同時，詩人能在日常生活中挖掘題材，寫出不俗的詩，很值得我們讚揚和效法。

　　接着要看的是一首叫做《黑色時辰》的詩。

　　　　停電
　　　　妻輕聲說：
　　　　小心
　　　　別絆倒了

　　　　活到今天
　　　　已習慣
　　　　黑
　　　　暗

　　　　什麼都看得見
　　　　　　看得清

　　這首詩寫得非常簡鍊，也很淺白；但是淺白並不等於易懂；因為詩人要傳達的，並不只是字面上的意思而已；這首詩的每一句話都是有寓意的，讀的時候必須分外小心，決不能「等閒視

之」。請注意詩人通過「妻」的口提醒詩人要小心，以免絆倒。她原可以或應該大聲說，為什麼要「輕聲」說呢？原因很簡單，怕「隔墻有耳」。生活在特定環境裏的人，是需要時刻小心，以免惹禍上身的。第二節說：活到今天，已習慣黑暗，可見詩人在黑暗中生活，已經成了「家常便飯」。不過這一來也有好處，那就是即使眼前一片漆黑，他也不至於分不清是非黑白。他不但「什麼都看得見」，而且什麼都「看得清」。我這麼分析，不知是否有牽強附會，強作解人之嫌。

底下的一首，題目是《飛》：

就算飛千年
萬年
也要飛出時空
的羈絆

葉子說

讀到最後，我們才知道第一節詩裏所說那些豪語、壯語，都出自葉子的「口」。詩人真的會開玩笑。但是詩人的用意是可以理解的：他想給讀者「一個驚奇」。這是創作的需要，是詩的一種表現手法和技巧。我猜詩人想通過這首詩來傳達的信息是：一廂情願，並不能成事。凡事在立下志願之前，一定要考慮到客觀條件是否足夠或允許，否則，將只是空談，而且還會貽笑大方，成為一種笑柄。

第137頁是一首叫《火柴盒》的咏物詩：

很小
卻隱伏着
點亮
千萬支蠟燭
的
能量

心啊
小小火柴盒

　　如果說某些詩有懸宕的色彩，那麼，我們發現：把真相、謎
底，中心思想，信息等放在詩的最後一節，是詩人和權的慣用手
法；而且用得成功。這首詩就是一個例子。原來詩人要說明、要
表達的是：心雖然小，卻有足夠的能量，能給他人帶來溫暖，帶
來光明。
　　《尾巴》這首詩，出現在頁145：

眼睛開刀後
看東西
清晰多了
卻驚見
很多很多
尾巴
啊——

到處都有
搖擺的
尾巴
尾巴
尾巴

這首詩一看，就知道是一首諷刺詩。諷刺的是一些社會現象。妙的是詩中人眼睛開刀之後，別的沒說是否看得清楚，卻一味強調尾巴。尤其是那個「驚」字，把讀者的注意力都集中到尾巴上面。尾巴多，說明長這些尾巴的人或者狗也多。也就是詩中所說的「到處都有」。讀者當然也不可以忽略「搖擺」二字。這絕對是詩人所要強調的。寫到這裏，筆底自然而然浮現了一個成語：「搖尾乞憐」。那是多麼可憐，多麼可悲，多麼醜陋的一個畫面啊！我真想吊個書袋，說：「余不欲觀之矣！」

最後，讓我們再來看一首詩，那是頁180的《礁》：

把頭伸出海面
與浪濤
一起咒罵
愛情

把頭沉入水中
為你而流的
淚
沒人看見

　　讀這首詩時，出現在我們視線裏的，主要是一個頭。這個頭一下子「伸出海面」，一下子「沉入水中」。是誰的頭呢？原來是礁石的頭」。礁石其實也很像一個頭；所以把頭借用來形容礁石，是合理的。海濤能發出聲音，所以可以和礁石一起咒罵愛情。為什麼咒罵？也許它失戀了，也許它被欺騙了。總之，這是悲傷的事，痛苦的事；所以它哭了。哭時淚水與海水合而為一，又怎麼看得見呢？這首詩的寫作，又是詩人和權有豐富想像力，能見他人所見不到的事物的一個證明。

　　我自己也是一個喜歡寫詩讀詩的人。但是我讀過的一些詩中，有的曲屈聱牙，叫人難以終篇；有的晦澀難解，讀時煞費苦心；有的形同散文，說明作者根本不知詩之為物，不一而足。但是和權的詩，深入淺出，短小精悍，正得我心，正合我意。所以我常跟人家說：我就喜歡這種詩。這種詩，詩人寫了，無愧於心；讀者看了，心領神會，是一種非常良性的「互動」，也是一種非常「愉快的閱讀經驗」。我希望和權繼續寫這一類的詩，將來多出版讓我們期待的詩集。

讀和權詩文

林炳輝

　　從小剛文友轉來兩冊裝幀優美、沉沉的新書：《隱約的鳥聲》、《和權詩文集》。筆者曾撰文聲稱，凡贈我書者大都要評之。因菲華文壇缺書評、缺文學評論，筆者的小評權當「濫竽充數」、「拋磚引玉」。

　　一打開新書，最為驚喜的是不但知道和權先生是位詩人，同時也是位詩的評論家。這很好，能寫能評，定能相輔相成、互相促進、「水漲船高」。再加上兩冊中都附有諸多方家的評論，新書更顯得有特色、份量更重，值得菲華讀者一讀。

　　記得一九八八年秋天，筆者曾陪李元洛、苗風浦、朱谷忠等作家訪問石獅市。言談中，提及菲華作家。那時和權已和幾位詩人倡組「現代詩研究會」。李元洛是著名文學評論家（不僅是詩評），朱谷忠是著名鄉土詩人，苗風浦當時是《福建文學》主編，尤為賞識和權的詩作。今次在兩本新書中讀到李元洛的評論，顯得十分親切。他說得好，和權的詩，「洋溢着真摯的鄉情、親情和宅心仁厚的悲天憫人之情。」詩貴在「真情」。筆者與和權先生素昧平生，僅在報刊上陸陸續續讀過他的詩。他的詩能有機地吸收本土文化和西方文化，融入中華傳統文化，達到藝

術上的統一和美學上的和諧，進一步又深化了生活的內容，撼動了廣大讀者。

　　李元洛說和權的詩「簡潔明朗而含蓄雋永」。我想，這是來自他厚實的古文基礎，深諳古詩詞的精髓。 筆者十分欣賞他的詩評，評現代詩人，聯想古代詩人， 新、舊詩作一番比較、剖析。如評洛夫的《車上讀杜甫》，評雲鶴的《鄉心》等，便談及杜甫、賀知章、柳宗元等，描述又加以引申，叫人回味無窮、愛不釋手。

　　寫詩要有激情。筆者年輕時寫過詩，現老啦，寫不了詩但仍愛讀詩。真佩服和權「短短幾個月就寫下了一百多首詩」（引自《跋》），相信不久的將來能讀到《隱約的鳥聲》的第二、第三部……

詩集出版了

——讀詩人和權《隱約的鳥聲》

榮　超

一

> 書很輕
> 字，很重
> 因為
> 馱着歲月
> ——《詩集出版了》‧和權

「書很輕」，基本上一本詩集就算再厚也不會超過兩三公斤，所以說很輕。「字，很重」，接着詩人筆鋒一轉；如何衡量文字的輕重呢？這邊我們也許可以理解，倘若作者筆力千鈞，字，自然就很重了。詩人很巧妙的將書與字，輕與重放入詩句中，成為對比。增加詩的張力矛盾和可讀性。然後詩人解釋「字」為什麼重？「因為／馱着歲月」。

什麼是歲月？歲月就是日子、風霜；就是經驗、磨鍊；就是心血、功力；就是詩人數十載不離不棄對詩的一種忠貞的愛。

　　這就是和權的詩！

　　簡單的十二個字，沒有一個多餘的廢字，真真正正做到字字凝鍊，且四行詩句中用了兩個意象，精華就在最後一句，「馱着歲月」，而令全詩淺而不白，深入淺出，讀完還想再讀，讀完還要深思。

　　想瞭解詩人和權的詩或者進一步瞭解詩人的內心世界，當然不能只讀這首詩。也許讓我們再來欣賞這首曾被台灣南一書局出版之中學國文輔助教材《基測綜合課本》所收入的詩人另一首與《詩集出版了》風格迥異的詩〈熱水瓶〉：

　　　　站在這裏，遲遲
　　　　不讓胸中的炙熱
　　　　變冷
　　　　你確實看不見我的滾燙，除非
　　　　拔開瓶蓋
　　　　讓我的熱情騰騰上升
　　　　倒出
　　　　透明的愛
　　　　坦然無隱地
　　　　注你們以滿杯的溫暖

　　很顯然的這是一首擬人化的詠物詩，其實這類詩並不好寫，而要寫得成功就更難了。因為內容（詩句）必須貼題，其次；也是最重要的一點──意在言外。

　　在菲華詩壇詩人和權可說是最擅長寫這類詩的詩人。整首

詩沒有一個艱澀的字眼，而且主題貼切，將〈熱水瓶〉的屬性，一一點出。例如：「不讓胸中的炙熱／變冷」、「看不見我的滾燙，除非拔開瓶蓋」。

然而，詩中真正要描繪的只是熱水瓶嗎？當然不是。詩人或許要藉熱水瓶來點出某個人。（這個人）他／她可以是我們身邊的親人、長輩，或師長、摯友。

讓我們來讀詩中末句，「注你們以滿杯的溫暖」，事實上讀畢此詩，心頭亦一陣溫暖，詩句之間洋溢溫馨之情，且餘韻無窮。

二

論語「為證篇」：「詩三百，一言以蔽之、曰、思無邪。」

X   X   X

詩人和權十五歲開始接觸新詩、讀詩、寫詩，歷經半個世紀。詩人說：「我以廣義的人道主義為思想基礎，我深信詩人須有善良的心地，也須有闊大思想境界，才能創作出感人肺腑或給人以美的感受的燦爛詩篇。」（我忍不住大笑‧詩人自序）

印證詩人和權的詩歌作品，特別是在《隱約的鳥聲》一書中的第一輯「權力」，我們即可對詩人以上這段發自內心的詩觀，得出個很好的註腳。

在至高無上的權力誘惑之下，人類的一顆心開始變質。「權力」一輯中，詩人和權對戰爭的厭惡、對權位的戀棧、對貪腐的

迷惘以及人性的醜陋，或無情鞭撻、或意在言外、或輕描淡寫、
點到即止，在在道出詩人的社會良心，「同時又是合於善的法式
的。」（詩人和權之語）

　　請看「權力」一詩：

　　不相信醇酒

　　令人迷亂

　　越喝

　　　越想喝

　　卻整天

　　說着醉話

　　誰說不是呢？當一個人擁有權力，就愈加放不下，（越喝／
越想喝）然而，所謂的權力則只能讓人性迷失於大千世界，擾攘
塵世（卻整天／說着醉話）。重點在不相信權力令人放不下（不
相信醇酒／令人迷亂）這一句，點出整首詩的要旨。

　　除了「權力」一詩外，這一輯中其他數首詩，如：「官邸
裏」、「染」、「糖果」、「素描」、「砲彈與嘴巴」、「紅紅
的花」等，皆是同類作品中主題較為突出及筆者較喜歡的。

　　雖然有着相同的主題，詩人的創作技巧及手法卻是多變的。
例如：「官邸裏」一詩，詩人透過「垃圾筒說」，「有人／丟／
髒東西」卻「沒人／丟／貪腐」。詩人巧妙的將髒東西與貪腐劃
上等號。「素描」以「一張臉」作結，對美國的好戰作無情的控
訴。「紅紅的花」則極為諷刺的將槍口冒煙時無辜傷者的血比喻
為「一朵朵嬌美鮮艷的／紅／花」。正如詩人解剖自己的內心世

界，「對戰爭的憎惡惱恨」莫以此為甚！

　　當然，在這一輯之中，仍然有其他數首令人眼球為之一亮的「另類」佳作。「筵席中」即其中極為「精緻」不凡的一首，也許可稱作環保詩吧！

　　　聽見
　　　大樹倒下
　　　淒厲的
　　　哀號

　　　他醺然
　　　望着一雙筷子
　　　發呆

　　於今，環保對現代人來說，已不是一個陌生的課題。只是知道是一回事，做不做得到又是另一回事。

　　「大樹倒下」，真能聽得見它一聲「淒厲的哀號」嗎？這又是詩人神奇的想像力將樹木加以擬人化。伐木造成的後果是什麼呢？破壞生態環境，造成種種料想不到的天災。然人類依舊我行我素，簡單說只有「利益」二字。

　　所以，在「筵席上」，「他醺然／發呆」這個呆發得好，他因為醺然而呆，還是看到那雙筷子有感才呆，甚至其他的原因發呆，就留給聰明的讀者自己去體會、領悟了。

　　據說此詩並入選「二魚文化」出版的2010年度台灣詩選，在每年度六七千首的詩作中，僅篩選其百分之一弱。「筵席上」能

夠脫穎而出，足證好詩作是不會被「埋沒」的。

X　　　　X　　　　X

　　站在人道主義上來說，詩人和權在「隱約的鳥聲」第一輯「權力」中這些耐人細品、發人深省的小詩，不正是「思無邪」嗎？

三

把相見時的欣喜
流露的友情
以及
一夕的詩話
都用笑聲
包起來

自星返菲
過關時
櫃台小姐
卻搖首，說：
行李
超重

——給周粲・星加坡四題之四

如何「判別」一首詩的好壞呢？事實上自五四新文學運動以還，新詩的發展尚不到百年，而「現代詩」至今則仍沒有一個確定的定義，詩人有自己的「詩觀」。作為文學的最高形式，詩往往叫人誤解、甚至唾棄。

詩人和權認為構成一首好詩，最起碼的條件，「應是思想內容清新、情感真摯、強烈、深刻、同時又是合於善的法式的。」

菲華名詩人雲鶴則給詩定下四個層次：「深入淺出／深入深出／淺入深出／淺入淺出。」這些「詩觀」或者「詩論」均是筆者所推崇備至的。印證詩人和權這首「超重」，我們即可以很容易得出一些論證，來判別一首詩的好壞。

「超重」副題為給周粲（周粲，星加坡詩人），那麼我們可以理解這首詩是詩人和權與周粲在星加坡相聚時的情景。欣喜、友情、詩話，都要包起來。用什麼來包？當然不能用紙張、膠袋、或者布絹之類的俗物，（倘若硬要用這些東西來包亦無不可，但那就流於散文化了）。用「笑聲」來包，則更具詩的特性與張力，意象出來了，整首詩也「活」起來。為什麼要包起來？包起來才能帶回家（菲律濱）。為什麼要帶回家？因為放不下這些美好的情與景，這些美麗的回憶。詩人情長在此可見一斑。

然而，「過關時／櫃台小姐／卻搖首，說／ 行李／超重」

行李真的超重嗎？未必！實體的行李並不超重，超重的是友情是欣喜是詩話，是用笑聲包起來的那些美好回憶。這些抽象的東西才真正讓心頭沉重！才真正超重。奇不奇妙？

這首詩「內容清新、情感真摯、深刻」，而且深入淺出，「有深邃的內涵，但以令人易於接受的技巧與語言寫出來，顯而不淺，這是詩的最高層次。」（詩人雲鶴對深入淺出的釋義。）

　　簡言之，「超重」是一首好詩。

　　讀一首好詩猶如喝一瓶醇酒，讓人「沉醉」。那麼不妨再來
看這首筆者心中的好詩。

　　　　把頭伸出海面
　　　　與浪濤
　　　　一起咒罵
　　　　愛情

　　　　把頭沉入水中
　　　　為你而流的
　　　　淚
　　　　沒人看見
　　　　──礁

　　礁即暗藏於水中的岩石。它有時浮出水面，有時又隱於水
中。詩人巧妙的將它擬人化，把「頭」伸出海面，把「頭」沉入
水中。

　　伸出海面時「咒罵愛情」，沉入水中後，「為你而流的淚，
沒人看見」人前風光，人後辛酸，這種矛盾心態，相信許多人都
曾經有過，並非只有初涉情關的青少年。不過，將此詩理解為一
首情詩亦無不可。

　　不相信世間的所謂「愛情」，待吃過情的苦才暗自傷悲。這
首詩最高明的地方是下半節，詩人將淚與水融為一體，淚即水；
水即淚，因此為情而流的淚，在水中也就沒人看見了。

　　「礁」這首詩分為兩節，互相對比。用字洗鍊簡潔、清新可喜；內涵深遠，情真意摯，亦是不可多得的一首好詩！

在探討中學習
──讀和權的「觀棋」

李怡樂

　　我對現代詩產生興趣是近兩年的事，「漏」掉了這以前的許多佳作，常引以為憾。當我發現自己讀「懂」和權先生的「觀棋」，暗自欣喜──由此舉一反三，多看通了好幾篇別的詩作。本人罔顧淺陋」把一丁點心得寫出，請讀者批評、指正，以期收拋磚引玉之效。

　　我們先看一遍「觀棋」：

　　　兩軍對峙
　　　分裂的疆土
　　　滿佈陷阱
　　　隱伏殺機
　　　紛爭肇因於不同的
　　　色彩

　　　圍觀者
　　　熱血沸騰

　　或支持紅方
　　或擁護黑方

　　冷眼
　　瞅着
　　精神緊張的
　　觀棋者
　　不禁自問：
　　我們需要
　　楚河漢界？
　　我們需要
　　鬥爭？

　　此詩，文字淺白，文句清晰。

　　詩人描寫紅黑雙方棋子在棋盤上劍拔弩張，引起外圍觀眾的緊張神態。因此，詩人自問：「我們需要鬥爭？」初讀感到這首詩起承轉合分明，結構上緊湊，意思層層推進，此外別無奇特之處，它祇不過紀錄了生活中很平常的事，作者還書獃自問，簡直令人發噱。有人下棋，有人觀棋，各樂在其中，干卿底事！經細心咀嚼領會，才發現詩人很巧妙地運用「隱中求顯，以小見大」的寫作技巧，我茅塞頓開！

　　要欣賞一首好詩，就得一句句看，逐字逐句推敲。

　　詩人用字很經濟。「兩軍對峙」，僅四個字，是「棋」的本「象」，也是隱「意」的中樞。這句自成一段，留下一瞬停頓，讓讀者產生懸念──「為何對峙？」、「打起來沒有？」令人情

不自禁看下去。

　　第二段前三行，用十三個字，就淋漓盡致地描寫了「兩軍」各據一方，千鈞一髮的「對峙」，含蓄地透露出其主因是「不同的色彩」。欲知何樣色彩，請看下段分解。隨詩意逐層遞進，詩趣也逐層提高。

　　為了避免平舖直敘，第三段開始，詩人並不急於交待「色彩」問題，筆鋒一轉，落在棋盤外。於是「棋」外諸君子的思想觀點，全躍然紙上；詩人妙筆一點，「色」不知不覺地塗在他們的「眼鏡」上。行筆至此，「畢象盡理」，似乎完整了。但眼明的讀者必然看出還有兩個「洞」。其一，詩人的「情」還沒有表露。其二，「棋」是中國象棋，還是國際象（跳）棋？（圍棋是黑白兩色）

　　顯然，詩人的構想是精密的。在第四段裏，這兩個「洞」被補得天衣無縫。

　　特別值得指出的是，詩人技巧高超地把「楚河漢界」留到最後，起「點睛」作用，從而揭開了層層的「意」。

　　「楚河漢界」是中國式象棋的「商標」。「真相」大白後，回頭再讀前面各行詩句，詩人想「隱」的東西都「顯」出來。

　　紙製的棋盤上，紅黑雙方中間隔着一道水域（楚河），「以小見大」，我展開想像的翅膀，對首句「兩軍對峙」，選詞用句的精確，嘆服！「分裂的疆土、滿佈陷阱、隱伏殺機」這是經過一場激烈的戰鬥後，形成一個僵持的局面──很準確、簡煉的文字。

　　這是一篇讀起來很「靜」，而內心卻波瀾起伏的詩篇。全詩「聞」不到打鬥或槍炮聲，即使「棋」內的風雲變幻，引起

「棋」外人士「或支持紅方、或擁護黑方」，甚至於「熱血沸騰」、「精神緊張」，也沒有大呼小叫的字眼出現。詩人本身只是「冷眼、瞅着」，悄悄「自問」，完全符合詩題的「精神」；觀棋不語。

　　「楚河漢界」的雙方，指的是漢高祖劉邦和楚霸王項羽。秦王朝滅亡之後，楚、漢雙方為爭天下而「分裂」而長期「對峙」，幾千年前的故事，今天還重演，詩人觀棋興嘆，抒發了深厚愛國憂民之情。

　　「我們需要鬥爭？」凡注意國內報章雜誌的人，都會明瞭「鬥爭」一詞所涵蓋的深度、廣度，遠勝於其他的同義詞。無疑的，在此用得既準確而中肯。

　　「一篇全在結句」。詩人「自問」意在言外，發人深思。

　　自居易說：「大凡人之感於事，則必動於情，然後興於嗟嘆，發於吟詠，而形於歌詩矣。」詩人必然是感於事、動於情，才運用藝術技巧，千錘百煉完成一篇作品。輕易讀過，豈不是辜負了作者的一番良苦用心。所以，我一讀再讀，為的是有朝一日，感於事、動於情時，也能寫出一篇像「觀棋」這樣文詞平易，意深義高的上品。

一九九〇年

施約翰先生英譯和權詩兩首

鐘

一鎚下去
將時間擊成粉末

狂笑而去
脊影
斜斜指向夜空

一九八三年　台灣《創世紀》
本詩作「鐘」收入康熹文化《高分策略──國文》

BELL

Original by Ho Ch'uan
Translated by John Sy

Down swung a mallet
smashing time into powders

then departed in guffaw
wity its rear sight
pointing askant to dusky firmament

熱水瓶

站在這裏，遲遲
不讓胸中的炙熱
變冷
你們確實看不見我的滾燙，除非
拔開瓶塞
讓我的熱情騰騰上升
倒出
透明的愛
坦然無隱地
注你們以滿杯的溫暖

一九八五年　台灣《藍星》第五號

本詩作「熱水瓶」收入南一書局出版之中學國文輔助教材《基測綜合題本》

THERMOS

Original by Ho ch'uan
Translated by John Sy

Standing right here am I, keeping
the inferno within the chest from
turning cold.
You really cannot see my fervor, unless
you'd unplug the cork
and allow my zest to soar high
exuding
transparent love
at ease in the open
and pour you a full cup of warmth

詩人讀詩人

大著《我忍不住大笑》一口氣讀完，其中有不少好詩，耐人咀嚼。對你的詩藝，又有新的體會。你的短詩，是華文詩壇一絕。

《隱約的鳥聲》新詩集的主題詩，很絕妙。佛家也喜歡以明鏡悟法解義。洛夫有詩寫鏡中的花被他拂去。與大作「異曲同工」。

「紅綠燈」一詩：「至於綠燈／就亮給／愛吧」，絕！

「墓園」一詩，僅三行，可是十分警策，所謂四兩撥千斤。

　　　　　　　　　　　　　　　　　　──台灣名詩人瘂弦

和權的詩，除了簡潔凝煉之外，還能在淺易與艱奧之間作適度的調整，力求一種中和之美，使得作品所蘊含和傳達的審美信息，對讀者是在熟悉與陌生之間，既是新穎的，又是可以理解的，簡潔明朗含蓄雋永一爐而煉，兼而有之。

　　　　　　　　　　　　　　　　──中國當代詩評家李元洛

　　和權的詩，由於始終同真實的活動感受，同人性與人道精神，一直有着深切的關係，且具批判性，故在以詩做為傳真人類內在生命真實存在與活動的最佳導體，這方面，他是相當強調與堅持的。因而他的創作態度，極為嚴肅，認真與專誠，並抱持詩反映人生的高度價值觀。

——台灣名詩人羅門

　　和權的詩，既有「感性」的抒情，也有「知性」的理趣。最大的共同特點是：一切均在冷靜、沉着的語言中透露和悟出，既無現代的艱澀，也無浪漫的浮華。

——台灣名詩人向明

　　和權的詩，寫得簡樸雅致，精短的篇幅裏常常包含雋永無窮的情致。他不但善於立意，而且善於造意……和權造意時能吸收古典詩歌起承轉合的技巧，在對面對物象的從實描寫中，僅一、二句就實現詩意的承轉，完成對物象的昇華和對意義的表達。這樣的詩藝，在現代詩人創作中並不多見。

——中國著名詩評家邵德懷

　　和權寫作的意念，非常強烈，從他的語言、節奏、張力……，我們可以深深感知他對素材的運用，最大的要求是「言之

有物」。換言之，和權不是一個虛無主義者，而是一個熱烈擁抱現實的自我主義者。

——台灣名詩人張默

　　和權的詩，是非常入世的，也就是說，他對人世非常關心。他的每一首詩，除了在本質上非常真摯之外，他總要傳達一點他對於人世的看法。

——台灣著名女詩人張香華

　　和權詩語言樸實無華，這並不是他缺乏技巧，而是他認識客觀事件明徹的反映，懇切平淡的風格，則是他對濃烈的思想情感節制的結果。這種大巧若拙的技法，在藝術欣賞上可謂別具韻味。

——中國著名詩評家古遠清

　　菲華詩人和權，在那精緻而富有多義性的短詩中，表現了他對人生、社會以及世界的觀照，具有一種相當的能耐，並且投射出意象繽紛閃閃發光的音響。

——台灣名詩人趙天儀

和權是個寫小詩的聖手，時常當靈感一來，就有奇思妙想。

——新加坡名詩人周粲

在菲華詩人中，和權的短詩最耐讀，特別是其意象處理方面，常出人意表，間含禪味，頗堪咀嚼。讀時宜慢，否則很容易滑過去。

——香港《詩》雙月刊主編王偉明

以憂患為底色，又在對憂患心境做出種種超越的過程中，詩人和權建立起了他至真、至善、至美的詩學價值。

——中國著名詩評家劉華

和權的詩有品頭，有味道……他的詩不一定都寫得很實，像國畫中的「飛白」一樣，他在實筆之外「留下一片空白」，這是讓讀者去思索去想像的空間，這是誘發思索，增加詩趣的實筆。

——中國平涼詩人姚學禮

我們讀和權的詩總是有這麼一種感覺，其表層總是明白曉暢的，而深層總又包含着豐富的意蘊。而這一點，又是跟他的意象的多義性分不開的。

——中國著名詩評家陳賢茂

　　菲華詩人和權的詩篇，不論題材的選取，或表現手法的選擇，都達到了多樣化而圓熟的火候。

——中國暨南大學教授潘亞暾

　　和權的詩有着深沉的歷史意識，詩集中那些謳歌聖賢英傑、志士仁人的作品，洋溢着高昂的愛國精神，着眼於用崇高的信念來感染人、激勵人……我真心地感謝和權，感謝他為這個世界奉獻了這麼美好的詩篇。

——中國著名詩評家汪義生

　　和權的詩作差不多都是短小精悍，言簡意賅，能於精練的意象流程，深深地抓住讀者，叫你不忍釋手，在無意中深深感動，為之擊節感嘆。

——中國著名詩人柳易冰

　　無疑的，和權是當今菲華重要詩人之一，且對詩壇具有深厚的影響力。寫詩、寫詩論，並編務於一身，和權實是推動菲華詩運輪齒最盡力的一位詩人……和權的詩，傳播極為廣袤。近及中國大陸及中國台灣、香港地區，南洋各地，遠至美國，均有作品刊行，在世界華文詩壇，極居重要位置。

——菲華名詩人林泉

和權的詩易懂，只是讀者的理解程度有差異罷了。筆者曾說過，和權的詩是「大智若愚」。從字面上看，平淡無奇，沒說出什麼大道理。孰知和權的詩句是經過一番精心設計，讀者若細細咀嚼，即會感到淺中見深的妙處。

——菲華名詩人李怡樂（一樂）

詩人和權創作了大量的短詩，文字準確、精煉。動與靜的對比，虛與實的意象處理得天衣無縫。意在言外，令人尋味。如「橘子的話」、「蝦」、「蟹」、「紹興酒」等等，早已膾炙人口，有仿製品不足為奇。

——菲華名詩人李怡樂（一樂）

和權的詩多短小精悍，雖取材於司空見慣的事物，但卻能以獨特的體驗，靈巧的意象，使人感受到他觀照世界的藝術視角的超凡。

——中國著名詩評家江天

我一直很注意和權的詩，是因為和權的詩是一扇門，它一立在你的面前，你不覺就到了門裏，這不是物理的移位，而是神性的融會。和權的詩以其博大的胸懷與深沉的愛心擁抱着你。

——中國著名詩評家吳新宇

　　和權的詩作給我們帶來了思考。新詩無論如何發展，詩人的主體抒情是不可或缺的。而且，這主體抒情應該是崇高美好的。

——中國名詩人林染

　　和權先生在寫作技法上較多採用一詠三疊這一傳統方式，從而加深了作品的閱讀性和欣賞性。他的創作思維卻很現代，亦注重了語言的通俗和意象的織綴，幹練的語句以及精短的篇幅，構成了別具一格的「和權體」。

——中國著名詩評家雲鵬

作者寫作年表

姓名：陳和權

筆名：和權、禾木

籍貫：福建永寧

出生年月：一九四四年十一月。（小學畢業於曙光學校。漢文畢
　　　　　業於中正學院。）

寫作年表：

六十年代　　加入辛墾文藝社。努力於寫作及推動菲華詩運。

一九八〇年　詩作入選「中國情詩選」，常恩主編，青山出版社
　　　　　　印行。

一九八五年　與林泉、月曲了、謝馨、吳天霽、珮瓊、陳默、蔡
　　　　　　銘、白凌、王勇創立「千島詩社」。與林泉、月曲
　　　　　　了掌編「千島詩刊」第一期至廿六期（共編二年
　　　　　　半。不設「社長」位。和權負責組稿、審稿、撰寫
　　　　　　「詩訊」、校對，以及對台、港、中、星、馬、
　　　　　　美、加等地之詩刊的交流）。

一九八六年　擔任辛墾文藝社社長兼主編。

一九八六年　榮獲菲律濱王國棟文藝基金會「新詩獎」。評審委
　　　　　　員：向明、辛鬱、趙天儀。

一九八六年　出版詩集「橘子的話」，非馬、向明、蕭蕭作序，
　　　　　　台灣林白出版社刊行。

一九八六年　為菲華詩選「玫瑰與坦克」組稿，並撰「菲華詩壇現況」。張香華主編，林白出版社刊行。

一九八六年　詩作「桔仔的話」，收入台灣爾雅版向陽主編的「七十五年詩選」一書。張默評語：結構單純，引喻明確，文字淺顯，但是卻道出了海外華僑共同普遍的心聲。

一九八六年　應邀擔任學群青年詩文獎評審委員。

一九八七年　英文版「亞洲週刊」（ASIA WEEK），介紹和權的「橘子的話」，並附和權照片。

一九八七年　加入台灣「創世紀詩社」。

一九八七年　脫離「千島詩社」。與林泉、一樂等創立「菲華現代詩研究會」。主編研究會「萬象詩刊」廿年（每月借聯合日報刊出整版詩創作、詩評論等。從不停刊）。

一九八七年　「橘子的話」詩集榮獲台灣華僑救國聯合總會華文著述獎「新詩首獎」，除頒獎章獎金外，並頒獎狀。評語：寫出華僑的心聲及對祖國與先人的懷念，清新簡潔感人至深。

一九八七年　詩作「拍照」收入「小詩選讀」，張默編，台灣爾雅出版社出版。張默說：「和權善於經營小詩。『拍照』一詩語句短小而厚實，敘事清晰而俐落……其中滿佈以退為進，亦虛亦實，似真似假的情境……有人以『自然美、純淨美、精短美、親切美、暢曉美』（姚學禮語）來稱許他，亦頗貼切。」

一九八七年　台灣「時報週刊」七六九期，刊出和權撰寫的「獨行的旅人」（作家談自己的書。我寫「你是否撫觸到衣襟上被親吻的痕跡」），並附和權照片。

一九八八年　與林泉、李怡樂（一樂）合著詩評集「論析現代詩」，香港銀河出版社刊行。同時編選「萬象詩選」。

一九八九年　二度蟬聯菲律濱王國棟文藝基金會「新詩獎」。評審委員：蓉子等。

一九八九年　獲菲華兒童文學研究會、林謝淑英文藝基金會童詩獎。

一九九〇年　大陸知名詩人柳易冰主編的詩選集「鄉愁──台灣與海外華人抒情詩選」（河北人民出版社），收入和權的詩「紹興酒」，又在大陸著名的「詩歌報」他所主持的欄目「詩帆高掛──海外華人抒情詩選萃」中介紹和權的生平與作品。

一九九一年　詩集「你是否撫觸到衣襟上被親吻的痕跡」出版，羅門作序，華曄出版社。

一九九一年　榮獲台灣僑務委員會獎狀。評語：華僑作家陳和權先生文采斐然，所作詩集反映時事對宣揚中華文化促進中菲文化交流貢獻良多特頒此狀以資表揚。並頒獎金。

一九九一年　詩評論「迷人的光輝」及「試論羅門的週末旅途事件」二篇，收入「門羅天下」（當代名家論羅門）一書，文史哲出版社。

一九九一年　小品文「羅敏哥哥」，收入台灣中國時報「人間副

刊」溫馨專欄精選暢銷書「愛的小故事」，焦桐主編，時報文化出版社。

一九九一年　獲中國全國新詩大賽「寶雞詩獎」。

一九九二年　詩集「落日藥丸」出版，菲律濱現代詩研究會出版發行，列入「萬象叢書之四」。

一九九二年　大陸著名詩評家李元洛評論文章「千島之國的桔香——菲華詩人和權作品欣賞」，收入李元洛著作「寫給繆斯的情書」，北岳文藝社出版發行。

一九九二年　詩作「落日藥丸」，選入香港「奇詩怪傳」，張詩劍主編，香港文學報社出版。

一九九二年　「落日藥丸」詩集，榮獲台灣「中興文藝獎」，除頒第十六屆中興文藝獎章（新詩獎）壹枚外，並頒獎金。

一九九三年　台灣文藝之窗「詩的小語」（張香華主持）於七月四日警察廣播電台介紹和權生平，並播出和權的詩多首：「鞋」、「拍照」、「鈔票」、「我的女兒」、「彩筆與詩集」。

一九九三年　榮獲菲律濱中正學院校友會「優秀校友獎」。

一九九三年　台灣「文訊」月刊，刊出女詩人張香華的文章「珍禽——認識七年來的和權」，並附和權照片。

一九九三年　童詩「瀑布」、「我變成了一隻小貓」、「不公平的媽媽」、「螢火蟲」四首，收入「世界華文兒童文學」（WORLD CHILDREN LITERATURE IN CHINESE）。中國‧太原，希望出版社刊行。

一九九三年　詩作「潮濕的鐘聲」，榮獲台灣「新陸小詩獎」。

作家柏楊先生代為領獎。

一九九四年　詩作入選台灣「中國詩歌選」。

一九九四年　詩作多首入選南斯拉夫版「中國當代詩選」，張香
　　　　　　華編。

一九九五年　詩作「桔仔的話」，選入「新詩三百首」（一九
　　　　　　一七──一九九五。集海內外新詩人二二四家，
　　　　　　三三六首詩作於一書。大學現代詩課堂上採作教
　　　　　　材）。張默、蕭蕭編，九歌出版社刊行。

一九九五年　於聯合日報以筆名「禾木」撰寫專欄「海闊天空」
　　　　　　至今。

一九九五年　二度榮獲菲律濱中正學院校友會「優秀校友獎」。

一九九五年　詩作多首入選羅馬尼亞版「中國當代詩選」，張香
　　　　　　華編。

一九九五年　大陸評論家陳賢茂、吳奕錡撰寫「談和權」，收入
　　　　　　評述菲華文學的史書。

一九九六年　台灣「時報週刊」九五九期，大篇幅刊出和權的
　　　　　　詩「除夕‧煙花──給妻」（選自詩集「落日藥
　　　　　　丸」），附謝岳勳之彩色攝影，及模特兒蔡美優之
　　　　　　演出。

一九九六年　應邀擔任菲華兒童文學學會主辦第一屆菲華兒童作
　　　　　　文比賽評審委員。獲贈感謝狀。

一九九七年　台灣「時報週刊」九八五期，大篇幅刊出和權的詩
　　　　　　「印泥」，附黃建昌之彩色攝影，及影星何如芸之
　　　　　　演出。

一九九七年　五四文藝節文總於自由大廈舉辦慶祝晚會，多名女

作家朗誦和權長詩「狼毫今何在」（朗誦者：黃珍玲、小華、范鳴英、九華等人）。

一九九七——九九九年　應邀擔任菲律濱僑中學院總分校中小學生作文比賽之評審委員。獲贈感謝狀。

二〇〇〇年　「和權文集」出版，雲鶴主編，中國鷺江出版社出版發行。附錄邵德懷、李元洛、劉華、姚學禮、林泉、吳新宇、周粲評論文章。

二〇〇〇—二〇〇一年　再度應邀擔任菲律濱僑中學院總分校學生作文比賽之評審委員。獲贈感謝狀。

二〇〇六年　詩作「葉子」，收入台灣「情趣小詩選」，向明主編，聯經出版社刊行。

二〇〇八年　大陸評論家汪義生撰寫「華夏文脈的尋根者——和權和他的『橘子的話』」，收入他的評論集「走出王彬街」。

二〇一〇年　創世紀詩雜誌第一六二期，刊出和權的詩創作「從『象牙』到『掌中日月』十首」，並刊出二〇〇九年十二月廿九日，攜一對子女訪台時，與創世紀老友多人在台北三軍軍官俱樂部雅集之照片。

二〇一〇年　台灣「文訊」月刊二九二期，刊出和權於二〇〇九年十二月三十一日，與多位創世紀詩社同仁拜訪文訊雜誌社（封德屏總編輯親自接待。大家一同參訪文訊資料中心書庫，並在現場留影）之照片。該期介紹和權生平及作品。

二〇一〇年　台灣「文訊」月刊二九四期，刊出和權詩兩首「砲彈與嘴巴」及「集郵」。附彩色攝影照片，十分

精美。

二〇一〇年　於聯合日報社會版「海闊天空」闢「詩之葉」，致
力提昇詩量詩質，影響社會風氣。

二〇一〇年　台灣「文訊」月刊二九七期再度刊出和權的詩二
首「咖啡」與「黑咖啡」。附彩色攝影照片，至為
精美。

二〇一〇年　詩集「我忍不住大笑」出版，楊宗翰主編，台灣秀
威文化公司刊行（列入「菲律濱‧華文風」叢書之
十）。

二〇一〇年　「和權詩文集」出版，陳瓊華主編，菲律濱王國棟
文藝基金會刊行（列入叢書之十）。

二〇一〇年　九月，詩作〈熱水瓶〉收錄南一書局出版之中學國
文輔助教材《基測綜合題本》。

二〇一〇年　詩集《隱約的鳥聲》出版，楊宗翰主編，台灣秀
威資訊刊行（列入「菲律濱‧華文風」叢書之
十九）。該書剛出版，國立台灣大學圖書館即購一
冊。記錄號碼：B 3723139。

二〇一〇年　「獨飲」一詩刊於《文訊》。附彩色攝影照片，很
是精美。

二〇一一年　詩作多首譯成韓文，刊於韓國重量級詩刊。

二〇一一年　詩二首「筵席上」與「礁」，收入蕭蕭主編之「二
〇一〇年台灣詩選」，亦即《年度詩選》一書。

二〇一一年　詩作「橘子的話」收入《漢語新詩鑑賞》（傅天虹
主編）。

二〇一一年　「大地震之後」一詩刊《文訊》。附彩色攝影照

片，極為精美。

二〇一一年　詩作「鐘」又被台灣康熹文化（專門製作教科書、
　　　　　　參考書的出版社）選入教材，亦即用於「高分策略
　　　　　　——國文」。

二〇一一年　中、英、菲三語詩集《眼中的燈》出版，菲律濱華
　　　　　　裔青年聯合會刊行。

作者簡介

　　和權，原名陳和權，生於菲律濱，主編菲華現代詩研究會「萬象詩刊」廿年，出版詩集《橘子的話》、《你是否撫觸到衣襟上被親吻的痕跡》、《落日藥丸》、《我忍不住大笑》、《隱約的鳥聲》，詩評集《論析現代詩》（與林泉、李怡樂合著），《和權文集》、《和權詩文集》，以及中、英、菲三語詩集《眼中的燈》。

　　兩度蟬聯菲律濱王國棟文藝基金會新詩獎，菲華兒童文學研究會、林謝淑英文藝基金會童詩獎，台灣僑聯總會華文著述獎「新詩首獎」，台灣行政院僑務委員會獎狀，台灣中興文藝獎章新詩獎，台灣新陸小詩獎，及中國寶雞詩獎，中國楚都詩詞寫作藝術研究會「詩歌一等獎」。詩作收入羅馬尼亞版與南斯拉夫版「中國當代詩選」，並收入台灣「年度詩選」、「小詩選讀」、「情趣小詩選」、「新詩三百首」、「二〇一〇年台灣詩選」等書。詩作「熱水瓶」收入台灣南一書局出版之《中學國文輔助教材》「基測綜合題本」。詩作「鐘」收入台灣康熹文化「高分策略——國文」。

語言文學類　PG0761　菲律賓‧華文風21

回音是詩

作　　者／和　權
主　　編／楊宗翰
責任編輯／林千惠
圖文排版／邱瀞誼
封面設計／陳佩蓉

發 行 人／宋政坤
法律顧問／毛國樑　律師
印製出版／秀威資訊科技股份有限公司
　　　　　114台北市內湖區瑞光路76巷65號1樓
　　　　　電話：+886-2-2796-3638　傳真：+886-2-2796-1377
　　　　　http://www.showwe.com.tw
劃撥帳號／19563868　戶名：秀威資訊科技股份有限公司
　　　　　讀者服務信箱：service@showwe.com.tw
展售門市／國家書店（松江門市）
　　　　　104台北市中山區松江路209號1樓
　　　　　電話：+886-2-2518-0207　傳真：+886-2-2518-0778
網路訂購／秀威網路書店：http://www.bodbooks.com.tw
　　　　　國家網路書店：http://www.govbooks.com.tw
圖書經銷／紅螞蟻圖書有限公司
　　　　　114台北市內湖區舊宗路二段121巷28、32號4樓
　　　　　電話：+886-2-2795-3656　傳真：+886-2-2795-4100

2012年5月BOD一版
定價：400元
版權所有　翻印必究
本書如有缺頁、破損或裝訂錯誤，請寄回更換

國家圖書館出版品預行編目

回音是詩 / 和權作. -- 一版. -- 臺北市：秀威資訊科技，
　2012.05
　　面；　公分
　BOD版
　ISBN 978-986-221-948-5（平裝）

868.651　　　　　　　　　　　　　101005891

讀 者 回 函 卡

感謝您購買本書,為提升服務品質,請填妥以下資料,將讀者回函卡直接寄回或傳真本公司,收到您的寶貴意見後,我們會收藏記錄及檢討,謝謝!
如您需要了解本公司最新出版書目、購書優惠或企劃活動,歡迎您上網查詢或下載相關資料:http:// www.showwe.com.tw

您購買的書名:＿＿＿＿＿＿＿＿＿＿＿＿＿＿＿＿＿＿＿＿＿＿＿＿＿

出生日期:＿＿＿＿＿＿年＿＿＿＿＿＿月＿＿＿＿＿＿日

學歷:□高中 (含) 以下　　□大專　　□研究所 (含) 以上

職業:□製造業　□金融業　□資訊業　□軍警　□傳播業　□自由業
　　　□服務業　□公務員　□教職　　□學生　□家管　　□其它＿＿＿

購書地點:□網路書店　□實體書店　□書展　□郵購　□贈閱　□其他

您從何得知本書的消息?

　□網路書店　□實體書店　□網路搜尋　□電子報　□書訊　□雜誌

　□傳播媒體　□親友推薦　□網站推薦　□部落格　□其他＿＿＿＿＿＿

您對本書的評價:(請填代號　1.非常滿意　2.滿意　3.尚可　4.再改進)

　封面設計＿＿＿　版面編排＿＿＿　內容＿＿＿　文／譯筆＿＿＿　價格＿＿＿

讀完書後您覺得:

　□很有收穫　□有收穫　□收穫不多　□沒收穫

對我們的建議:＿＿＿＿＿＿＿＿＿＿＿＿＿＿＿＿＿＿＿＿＿＿＿＿＿

＿＿＿＿＿＿＿＿＿＿＿＿＿＿＿＿＿＿＿＿＿＿＿＿＿＿＿＿＿＿＿＿＿

＿＿＿＿＿＿＿＿＿＿＿＿＿＿＿＿＿＿＿＿＿＿＿＿＿＿＿＿＿＿＿＿＿

＿＿＿＿＿＿＿＿＿＿＿＿＿＿＿＿＿＿＿＿＿＿＿＿＿＿＿＿＿＿＿＿＿

11466
台北市內湖區瑞光路 76 巷 65 號 1 樓

秀威資訊科技股份有限公司　　　收

BOD 數位出版事業部

....

（請沿線對折寄回，謝謝！）

姓　　名：＿＿＿＿＿＿＿＿　年齡：＿＿＿＿　性別：□女　□男

郵遞區號：□□□□□

地　　址：＿＿＿＿＿＿＿＿＿＿＿＿＿＿＿＿＿＿＿＿＿

聯絡電話：(日) ＿＿＿＿＿＿＿＿＿＿　(夜) ＿＿＿＿＿＿＿＿＿

E-mail：＿＿＿＿＿＿＿＿＿＿＿＿＿＿＿＿＿＿＿＿